Onde pastam os minotauros

Joca Reiners Terron

Onde pastam os minotauros

todavia

*Para Egípcia do Crato,
desaparecida em missão no Semiárido,
à espera do seu regresso*

*E ficam tristes
e no rastro da tristeza chegam à crueldade*

CDA

Gado apavorado não se comporta direito

Temple Grandin

Dia após dia eles entram nos subúrbios da morte 11
Cinco e vinte e seis da manhã 13
Três e cinquenta e um da madrugada 16
Cinco e trinta e três da manhã 19
Quatro e quinze da madrugada 22
Cinco e trinta e cinco da manhã 26
Cinco e trinta e sete da manhã 30
Quatro e vinte e cinco da madrugada 36
Mil oitocentos e oitenta e um anos antes 40
Seis e quarenta e sete da manhã 43
Noite adentro eles confundem seus sonhos com a realidade 45
Sete e um da manhã 48
Meio-dia e oito 51
Cento e oitenta e três anos antes 54
Meio-dia e vinte e cinco 57
Meio-dia e vinte e seis 62
Meio-dia e cinquenta e cinco 64
Quatro e três da madrugada 68
Contudo, tivemos entre nós um que veio dos mares 73
Uma da tarde 76
Uma e cinco da tarde 81
Noventa e sete anos antes 84

Uma e oito da tarde 88
Uma e trinta e nove da tarde 91
Duas e quarenta e cinco da tarde 96
Quatro e trinta e um da madrugada 99
Mesmo quando festejam, percebe-se que estão tristes 103
Duas e cinquenta e um da tarde 105
Três da tarde 108
Trinta e cinco anos antes 111
Três e quinze da tarde 116
Três e trinta da tarde 119
Um ano antes 122
Quatro e quinze da tarde 131
Um mês antes 135
E nisso estamos 141
Quatro e quarenta e nove da tarde 144
Uma semana antes 148
Quatro e cinquenta e seis da tarde 151
Um dia antes 155
Cinco e dezesseis da tarde 160
Cinco e vinte e oito da tarde 166
Cinco e trinta e um da tarde 170
Meia-noite 175

Dia após dia eles entram nos subúrbios da morte e só saem de lá quando escurece, de volta para o lugar onde vivem. Viajam dezenas de quilômetros todas as manhãs apenas para chegar ao matadouro a que chamam de trabalho, e o tempo gasto no trajeto de ir e voltar é suficiente para conceberem planos tão tortuosos quanto suas próprias existências, repletas de encruzilhadas e buracos sem fundo, enroscadas como a víscera que carregam na cabeça, os miolos de que tanto se orgulham.

A noite paira sobre todas as coisas, ao surgir do ônibus na estrada de terra entre mangueirais, acima de todos os seres, que escalam a boleia sem cumprimentar o motorista ainda perdido no marasmo noturno. A marcha é retomada a seguir, sendo interrompida de tempos em tempos para recolher novos sonâmbulos nos acostamentos; às vezes embarcam fêmeas tão informes em suas vestes de sombra a ponto de perderem toda a graça.

No escuro do corredor são todos indistinguíveis. O silêncio entre os assentos só é embargado pelos roncos e pela tosse, pois mal levantam dos instrumentos de tortura acolchoados onde passam parte da noite na luta com sua incapacidade de dormir, e logo estão a caminho da matança, ou daquilo que insistem em chamar de emprego, serviço, ganha-pão, atraídos como a mosca pelas narinas do cadáver.

Reviram as pálpebras conforme a luz dos postes que atravessa a janela na qual apoiam a têmpora atinge suas pupilas, em espasmos, e o ônibus avança, e talvez nesses instantes cheguem a sonhar algo luminoso, ou apenas sua prostração será invadida pelos fachos das lâmpadas rodeadas de insetos dos postes que se apagam à medida que a manhã se anuncia; é quando abrem os olhos aos poucos, um por um, localizando-se uns aos outros nos assentos vizinhos e murmurando arrotos e grunhidos de bom-dia.

Nesse momento percebem que continuam no mesmo pesadelo do dia anterior.

Logo retornam a seu estado semidesperto e acompanham pela janela os desempregados que caminham pelo acostamento em direção ao matadouro. Vivem nesse distrito e ignoram por completo o mundo que os rodeia, desde o nascimento estão acorrentados à paisagem invariável que se estende até o horizonte, pontuada por árvores eximidas pela motosserra aqui e ali, e ao longe o topo metálico das colheitadeiras reluz nos campos de soja.

Às vezes passam por taperas nas quais se acumula o ferro-velho, por terrenos cobertos de mato onde se amontoam latas e detritos e veem o lume das pipas de crack na escuridão.

Ao chegarem ao estacionamento do matadouro, após ouvirem o estrebuchar do motor e o ar comprimido dos freios ser acionado, se arrastam pelo corredor e descem do ônibus em fila indiana, trocando meias-palavras gastas e já sem sentido enquanto erguem a poeira do chão com passos de ímpeto semelhante ao de uma procissão composta apenas de fiéis que perderam a fé.

Observam os miseráveis se amontoando do lado externo do cercado. Alguns não dizem coisa nenhuma, apenas ruminam, que é algo que fazem quando permanecem em silêncio, ruminar o que poderia ter sido mas não foi, e ao fazerem isso ficam tristes, mas não é uma tristeza como a nossa, de quem não tem voz, e sim a tristeza de quem tem voz mas não pode exprimir nada, e mesmo se pudesse, de nada adiantaria, em nada alteraria o rumo das coisas.

E nisso estamos.

[...]

Cinco e vinte e seis da manhã

É a última segunda-feira útil do ano. No pavilhão de entrada do matadouro, ajoelhados e espichados com os braços para a frente sobre os tapetes, os muçulmanos terminam suas orações. Em contraste com o sol incerto do exterior, a brancura da luz se encarrega de acordar os últimos apeados do ônibus a insistirem no cochilo em pé, no sono ambulante, o Cão entre eles, aos tropeços. Ao temer o bafo do Cão sob a máscara, o Crente pensa na providência tão bem-vinda de se embebedar na véspera de um dia sem importância como aquele, ainda que desconfie que o infortúnio do amigo seja outro, tem a ver com sua função no abate, com a temporada na cadeia e o passar dos anos. Com o cansaço e a demência progressiva dos que têm a sorte de envelhecer. Retribuindo a olhadela, o Cão ergue os ombros como quem diz: não temos saída, é um labirinto. Estamos presos. O Crente também não se sente exatamente inteiro: passou a noite no hospital, velando a filha, antes de pegar em casa o saco plástico preto que tem nas mãos. Sabe que o problema do Cão não é a pinga, e sim os raios que as nuvens carregadas que o cobrem desde o nascimento lhe despejam na cabeça. O Cão murmura algo que o Crente não consegue ouvir. Parece dizer não, duas vezes. Não, e fica em silêncio. O Crente sabe que o amigo ouve vozes. Só não sabe o que essas vozes lhe dizem.

Abatedores, fiscais e manejadores iniciam o expediente antes dos demais funcionários da linha de produção. Eles atravessam o corredor formado pelos muçulmanos em direção ao vestiário, onde trocam as roupas por macacões, aventais, luvas e toucas brancas, e os calçados por botas de borracha. Ao calçarem as luvas, o Cão nota que os nós dos dedos do Crente estão feridos. Parece ter socado alguém, mas quem, não é de causar dano nem sequer a uma varejeira. Com as máscaras e os óculos de proteção, mal lhes restam os olhos à vista. O Crente guarda o saco plástico preto no fundo do armário com cuidado, dispõe o celular ao lado do saco e tranca a porta.

Que isso aí, diz o Cão apontando para as mãos do Crente, que olha os próprios dedos enluvados sem entender a que o amigo se refere.

Os machucados, diz o Cão. Andou perdendo as estribeiras.

É, diz o Crente. Sempre se perde alguma coisa.

Quando se perde a cabeça, diz o Cão, se perde tudo. Diz isso e bate com o indicador na própria cachola.

A sirene dispara, os muçulmanos enrolam os tapetes de oração e se dirigem ao vestiário. Ahmed está entre eles, e o Crente e o Cão caminham para a área suja do abatedouro. No corredor à distância, cumprimentam com um empinar de queixo a secretária que os observa, em pé no patamar da escada que leva ao piso da administração, abraçada ao maço de pastas de arquivo como se fosse ao próprio travesseiro, enquanto ambos desaparecem detrás da cortina de tiras de plástico transparente. O Cão se pergunta se por acaso ela teria sorrido, sob a máscara ou quem sabe por dentro. Meu animal, vem, meu animal. Cala a boca, Lucy, ele murmura para si mesmo, apenas fique quieta. Se algum ingênuo os visse assim, de branco da cabeça aos pés, com suas toucas limpas, pensaria que se trata de médicos entrando em mais um plantão no pronto-socorro onde salvam vidas.

São açougueiros desde o nascimento, o Crente e o Cão, e se conhecem desde que chegaram ao mundo, ou se não ao mundo, ao menos a esta parte sem nenhuma importância, no Mato Grosso. Não nasceram num açougue, mas o Crente sim, nasceu no ambulatório do matadouro, que então já crescera a ponto de se tornar a única instituição vigente no distrito. E o ambulatório de um matadouro não difere em substância de um açougue. Ele também nasceu pelas mãos de um médico cuja reputação até morrer, anos atrás, era a de açougueiro.

O Crente é filho, sobrinho, neto e bisneto de açougueiros, e é provável que ao nascer, embora a limpeza de praxe em recém-nascidos tenha sido executada nele pela enfermeira, esfregando com força a fralda úmida sobre sua pele, tenha preservado a cor sanguínea que carrega até hoje, além das réstias de sangue coagulado no canto das unhas. O tio e o avô trabalharam no antigo matadouro que existia nesse mesmo lugar, pertencente a uma família cujo nome foi já devidamente esquecido, às margens do São Lourenço, em cima do qual construíram o matadouro atual, tão grande e moderno quanto uma fábrica, com tantos setores que chega a ser inviável visitá-lo inteiro numa única tarde. No matadouro-labirinto, costuma dizer o Cão, a única saída é o abate. Mas às vezes a metamorfose ocorre, e se escapa processado em linguiça. O rio morreu e agora só resta o leito seco, uma cicatriz mal costurada no solo arenoso.

A sigla que dá nome ao matadouro, CRS, é composta das iniciais do nome do distrito, e ontem um letreiro de neon vermelho foi instalado na parede principal do frigorífico para impressionar as visitas que virão em algumas horas; o vibrar obstinado do neon é o mesmo que o Crente observou durante a noite no monitor ao lado da cama de sua filha, é como se continuasse a ver as mesmas luzes. Ele pisca os olhos e agora vê estrelas como as que viu na mancha de óleo no piso do estacionamento ao sair do hospital tarde da noite.

[...]

Três e cinquenta e um da madrugada

As mãos e os pés parecem maiores agora do que antes, parecem de adulta. Estão inchados por ela permanecer deitada tanto tempo assim. O Crente vê a filha na cama pela janela de vidro da enfermaria e pensa no que vai lhe dizer quando acordar. Ela já foi extubada, mas é mantida inconsciente até se recuperar das feridas deixadas pelo procedimento. Ele a visita quando pode, de noite, e não a desperta por não ter coragem de lhe contar que a mãe não está mais viva, que sua mãe foi para um lugar menos quente, que a mãe resistiu como uma pelejadora aos mais de quarenta dias intubada, que ele amou sua mãe como a nenhuma outra mulher, e que continua amando, e que vai continuar a amá-la até não poder mais. E que o importante agora é que ela tenha despertado, ele vai repetir isso para si mesmo como uma oração, não para ela, você dormiu mais de trinta dias, filha, mas está acordada de novo, ele dirá, se disser.

A verdade, entretanto, é que não sabe se a filha vai sobreviver. Isso o Crente não pode nem pensar, não tem coragem para tanto. A pele do braço de sua filha está varada de furos e inchaços que vão do roxo quase preto ao amarelo-esverdeado, o rosto dela está ferido por causa da máscara de oxigênio que lhe foi retirada e ela parece mais magra do que jamais foi, ela que sempre foi magra, magra demais, como magros são todos os habitantes desta terra, não somente os que estão internados na Unidade de Terapia Intensiva, todos os moradores do distrito. Agora são magros de doença, antes já eram magros de nascença, mas sempre dá para emagrecer ainda mais. Aqui até os gordos são magros.

Não sabe bem o que fazer, nem com quem falar. O único médico de plantão, um cubano que decidiu não partir quando expulsaram seus compatriotas do distrito, está exausto, adormecido no piso do depósito de material de limpeza. O médico deve desejar ir dormir na casa dele, ao lado da mulher. Mas não pode, todos os leitos da UTI estão ocupados e ele é o último médico que restou na região, o cubano preto e comunista e viado, como dizem. Seus sonhos devem cheirar à alfazema do detergente que se esparrama pelo depósito, um cubículo, e o enfermeiro o observa aflito ao passar empurrando uma maca vazia a caminho da recepção, onde se amontoam pacientes à espera mas sem esperança alguma.

O Crente olha o estofamento que brota pelo rasgo no assento da cadeira desocupada no corredor. Sabe que será importante estar atento pela manhã, e não somente porque às vezes manipula uma pistola de dardo cativo no abatedouro, no caso de um boi ficar agressivo. Ele abaixa a máscara até o queixo e respira um pouco, enquanto ouve o zumbido dos respiradores no ambulatório nos fundos do hospital e o burburinho que vem da espera. O choro de alguém. As rodinhas necessitadas de óleo da maca empurrada pelo enfermeiro agora voltam em direção aos fundos, e a poeira vinda do piso de terra do estacionamento invade a recepção, quando um homem segurando o chapéu na cabeça para não voar entra pela porta do hospital, trazido pela ventania da chuva iminente. Atrás dele se espalha a poeira pelo corredor, invadindo salas e o depósito de material de limpeza, caindo em cima do médico adormecido, se infiltrando pelas frestas da porta da UTI, pousando sobre a colcha amarfanhada que abriga sua filha deitada na cama há tanto tempo, Senhor, cobrindo o corpo dela.

O homem de chapéu solta um ronco parecido a um engasgo, desnuda a cabeça calva e aperta com força o chapéu contra o peito com as duas mãos. Seus olhos claros brilham no crânio curtido de sol. O ronco vira um chiado e uma lágrima transborda pelos vincos da cara dele. O Crente não entende o que o homem fala entre soluços, então ele aponta o chapéu para a caminhonete mal estacionada que pode ser vista pela vidraça da recepção, os faróis acesos iluminando a poeira. Alguém está morto dentro da caminhonete, ou está perto de morrer. Então o Crente se joga na cadeira, sentindo a ponta rasgada do courvin espetar sua perna através das calças.

Tem outra coisa que o Crente precisa dizer à filha quando ela despertar, mas não sabe se terá a coragem necessária: que foi ele quem se contaminou no matadouro e passou a doença para ela e a mãe dela. Que ele é o responsável pela morte da mãe dela. Que ele matou a mulher de sua vida.

[...]

Cinco e trinta e três da manhã

O Cão bate na anca do primeiro animal que aparece pelo corredor vindo do curral em curva, embica no brete e entra na caixa metálica de atordoamento, puxando sua cabeça para cima com o guincho preso no teto. A cabeça fica imobilizada. Em outros tempos, quando o Crente e ele compunham uma dupla no setor de abate, os chifres do touro permaneceriam num ângulo que não ameaçava o Crente, o qual por muitos anos foi o abatedor mais preciso do matadouro, e não o mero fiscal de agora; ele se aproximaria por fora da caixa, dispondo a pistola pneumática de penetração no centro da testa do touro, e dispararia o dardo cativo, que bate no crânio do animal, perfurando-o. Algo que não mudou com o abate religioso, e por isso ainda utilizam a caixa de atordoamento, é a corrente que serve para reter o animal ao tombar, o que ocorre de imediato, e as correntes que estão presas nas patas traseiras o arrastam para fora da caixa, a uma extensão dela voltada para Meca onde o esperam os fiscais muçulmanos proferindo uma oração que o Crente decorou de tanto ouvir. Apesar de ser falada em árabe, sabe o que as palavras dizem, pois Ahmed lhe explicou: em nome de Alá, o mais bondoso, o mais misericordioso. O Crente agora não passa de um fiscal, e o Cão de um manejador: ambos foram rebaixados no serviço por não serem muçulmanos. Acham que serão demitidos de vez e se juntarão à matilha de famintos que espreita na grade em volta do matadouro à espera de restos.

Os fiscais muçulmanos verificam se o touro é adequado, ouvem sua respiração ritmada, examinam seus olhos e autorizam Ahmed, que se aproxima com uma faca. Então o palestino a enfia com firmeza na traqueia do animal, cortando a veia jugular e estendendo em meia-lua a lâmina enterrada ao esôfago, rompendo veias e artérias no caminho até o ventre, enquanto o sangue é despejado numa cascata que inunda o piso da sala de abate.

A operação, da condução manejada pelo Cão até a caixa de atordoamento onde o gado é imobilizado e levado à faca de Ahmed, não costuma levar mais que trinta segundos, o processo de abate inteiro menos de cinco minutos, e o touro morto é reconduzido por uma carretilha até a área onde outros fiscais muçulmanos atestam sua saúde segundo a Zabihah e é limpo e então desmembrado.

Saído de um curral infinito em que nunca faltam bois, outro touro aparece pelo corredor tocado pelo Cão que bate em sua anca; trata-se de um bicho bem mais velho que o anterior. Quando percebe a sua idade, o Crente verifica o êmbolo da pistola, pois não teve tempo de limpá-la adequadamente nesse dia confuso. Nessa última segunda-feira útil do ano. A idade do touro o leva a pensar que poderá ser obrigado a usá-la.

Ao ser imobilizada pela corrente no teto da caixa de atordoamento, a cabeça do touro escapa, talvez pelo fato de o Cão ter sentido nesse instante o mal que o aflige desde antes de sua prisão ou ter dado atenção demais às vozes em sua cabeça, o que o levou a vacilar. Sem alternativa, o Crente se aproxima, apontando a arma de pressão para a testa do touro, que afrouxa a corrente já meio solta, girando o pescoço com violência, desviando-se da mira.

O disparo arranca de raspão parte do couro lateral da cabeça, pouco acima do olho esquerdo do animal, que emite um urro de dor e solta ainda mais as correntes a prenderem suas patas traseiras. Parece em vias de se libertar, é o que gostaria. De todo modo, vai conseguir. O Crente se espicha no topo da cadeira alta onde está, na mesma posição de um salva-vidas no seu posto na praia, acima da abertura da caixa de atordoamento, e aponta novamente a pistola para a cabeça do touro, que não para de se debater. O segundo disparo do dardo será mais fraco, ele sabe disso, não houve tempo suficiente para reunir a pressão necessária. Animais mais velhos podem causar esse tipo de problema, mas o Crente sabe que a culpa foi dele, graças à sua noite maldormida numa cadeira de ambulatório, e à estranheza crescente do Cão.

Dessa vez o disparo acerta o centro do crânio do touro, que tomba como um rochedo. O Cão fica triste, não consegue imaginar por quê, mas no fundo sentiu a ilusão do animal.

As etapas seguintes do abate religioso são suspensas devido ao uso da pistola, proibido, e sob o olhar dos muçulmanos o touro morto é içado ao carro que o conduz até outro setor, o dos animais enjeitados devido à alteração química causada pelo estresse da situação. Foi morto com atraso e o valor de sua carne vai ser descontado desses minutos extras, pois nesse instante a carne já escureceu com os hematomas, e está rija de pavor.

O Crente tira os óculos para limpar as lentes respingadas de transpiração e sangue, ouve Ahmed murmurando algo a seus companheiros, algo que soa a desconfiança e lamento ao mesmo tempo, e olha nos olhos do Cão. Não falam nada, pois sabem que aquele dia não permitirá mais nenhum erro.

[...]

Quatro e quinze da madrugada

O Cão lava a cara na pia e se olha no espelho do banheiro iluminado apenas pela luz do abajur que vem do quarto. Foi consumido e suas olheiras lembram dois poços secos de cuja profundeza algo ameaça escapar. As olheiras o deixam parecido a um palhaço sinistro. Como de hábito desde a infância no açougue do tio do Crente, onde limpava e picava miúdos, tripa e bucho, enxágua as mãos ensaboadas demoradamente, esfregando as dobras entre os dedos e o dorso da mão repetidas vezes, com esmero, enxaguando e voltando a esfregar de novo, riscando com as unhas as linhas das palmas esticadas como se acreditasse abrir caminhos nelas ao fazer isso.

Ouve um murmúrio e volta ao quarto abafado, onde Lucy se enrosca na cama, a pele reluzente da coxa que escapa pelo lençol, os dedos dos pés coroados pelas unhas vermelhas. Ele senta na beirada do colchão, observa os próprios pés no tapete de retalhos, calombos das varizes nos tornozelos, os pelos emaranhados no dedão próximos à unha. Está encravada, e o canto esquerdo inchou de pus. Como dói.

Meu animal está preocupado, está, meu animal deve estar cansado, meu animal, por que não dorme, meu animal, ainda dá tempo, enquanto estiver escuro sempre dá tempo, ela diz, meu animal, não se preocupe, eu não ligo.

Cala a boca, Lucy.

Eu não ligo.

Ele se levanta e vai até a janela onde o aguarda um maço de cigarros largado pela metade sobre o peitoril e fica ouvindo o som dos grilos. Nem na Penitenciária Estadual fazia tanto calor. Acende um cigarro com o fósforo e permanece imóvel, à espera de que algo se mexa, as folhas da bananeira lá fora, lâminas do capim, o vento, um inseto, uma ideia, qualquer coisa. A fumaça sobe do cigarro em linha reta, azulada, nenhum sopro a desvia, o ar parado. Antes, o Crente tinha dito que ia chover. Pensa nele, deve estar no hospital. Não desistiu da fé, acredita que move montanhas. Olha o pau caído sobre sua virilha arroxeada e pensa que gostaria de ter alguma fé, mesmo uma enfraquecida como a do amigo, qualquer uma que fosse. Escavadeiras e tratores movem montanhas, isso sim.

Não é mais o mesmo de antes da cadeia. E como poderia ser, envelheceu quatro anos. Sente que tem mais de cem quilos, ou que algum encosto sobre seus ombros o verga com o peso, aplastando-o para baixo. Ouviu falar que um prisioneiro continua preso mesmo depois de liberto, a insônia é parte da condenação. Conheceu um sujeito que confirmou que lhe aconteceu, nunca recuperou o desejo sexual. E agora isso com ele. Logo com ele.

Meu animal é um touro, vem, meu animal, vem, vem.

Ao longe o trem apita, é o trem que atravessa o distrito sem nunca parar, vindo do Sul com vagões vazios, voltando do Norte carregado de soja. Os moradores reclamam junto à companhia ferroviária por causa do apito noturno, mas isso só faz o trem apitar ainda mais. O trem é uma imensa serpente de ferro sem nenhuma presença humana nele.

Caso um vento soprasse o mundo voltava a rodar, certeza que sim, acreditaria em algo, tudo daria certo naquela tarde, seu plano se concretizaria, o Crente estaria inteiro ao seu lado no serviço e não aos pedaços como anda depois da morte da mulher e da intubação da filha, seu pau voltaria a despertar em toda manhã de glória. Tinha lido uns livros na prisão, é esse o seu problema, não a velhice, não a demência, gastou tempo naquilo e agora sua cabeça não para de pensar: pensa pensa pensa. Antes não era assim, sente que um alçapão se abriu sob seus pés e o capturou. Tinha lido demais. A sombra de um morcego ou de uma mariposa atravessa por baixo da luz da varanda. Alguma esperança.

Eu não ligo.

O Cão dá um piparote na bituca, enfim as coisas se movem, o trem infinito da noite, o morcego, a brasa varando o ar escuro. Lucy tomba de costas na cama e com a nuca dobrada para baixo na beira o observa, vendo as pernas do Cão e as costas do Cão ao contrário, recortadas na janela de ponta-cabeça, primeiro as pernas depois a bunda e as costas peludas do Cão. Ele se preocupa demais, desde que era moleque e ela ainda trabalhava no setor de processados e embutidos, enchendo linguiça, perdendo tempo e torrando os miolos no técnico noturno de secretariado, enquanto ele se preocupava com dinheiro e fazia merda, ela o amava, ele fazia mais merda, ela o amava mais e ele começando a traficar umas bobagens, ela o amava mais que tudo e ele indo em cana, ela o amava enquanto o visitava na Penitenciária Estadual e o amava na fila de espera toda semana, assim como aquelas outras mulheres amavam os caras delas ao terem suas xerecas apalpadas, beliscadas e invadidas pelos dedos enluvados de borracha das agentes de segurança à procura de celulares e armas, ela seguia amando o Cão enquanto se matava no matadouro até ser promovida a assistente administrativa e depois a secretária, e ia amando cada vez mais o animal dela, amando e amando, mais e mais, e quando ele saiu de cana ela o amou por um mês inteiro e seguiu amando, pois conseguiu convencer os patrões a lhe darem trabalho antes mesmo de acabar de cumprir a pena, ele, que agora tem ideias e faz planos e se preocupa e a mete nas suas roubadas, mas como o ama ela se deixa enredar e o segue amando para que continuem juntos e quem sabe um dia o Cão a ame como ela ama o amar, quem sabe, ela ama amar ele.

Eu não ligo.

Nos livros que leu, o Cão descobriu que já estava preso antes de o jogarem numa jaula cheia de animais iguais a ele, todos trancafiados desde o nascimento. Depois que o soltaram, continuou preso, e segue preso agorinha mesmo ali, olhando a noite e acendendo outro cigarro, e seguirá preso pela manhã quando bater o cartão de ponto no matadouro e olhar para o relógio de ponto na parede e ver nele o registro de sua derrota calculada minuto a minuto, de hora em hora decrescente, horas que desaparecerão de sua vida, um dia inteiro a cada dia, pois para animais como ele a vitória nunca nem ao menos chega a ser uma ilusão. Só quem atua no viver é virtuoso pra dignificar a vida, ele diz para si mesmo. No entanto, os ponteiros giram e o vento estagna mas depois volta a ventar e no seu sopro vêm as ideias, chamejantes e ardilosas ideias. E alguma esperança.

Eu não ligo.

Vem.
Fala uma
besteira
pra gente
dormir.
Vem,
meu
animal,
deita
comigo.
Vem.

[...]

Cinco e trinta e cinco da manhã

Os telefones do escritório e suas extensões tocam simultaneamente, estridentes, categóricos, veementes, peremptórios, enquanto Lucy larga o maço de pastas de arquivo na escrivaninha. Algo bem no meio de sua testa lateja como que pedindo para sair. Teve de entrar no serviço mais cedo que o normal, trata-se de um dia atípico embora seja uma segunda-feira, a última segunda-feira útil do ano, os irmãos patrões virão hoje para guiar a visita do comitê, na companhia do adido comercial, agendada desde o mês passado. Ela odeia segundas-feiras, esta em particular.

Pressiona a tecla do telefone em sua mesa apenas para se certificar do que já sabia. O irmão patrão número um diz que liga só para dizer que estão a caminho e verificar se ela chegou ao escritório da administração. Logo desliga. É claro que ela já chegou e além de odiar as segundas odeia saber que não receberá hora extra por madrugar e provavelmente ultrapassar seu horário de saída. Ao perceber a própria tolice, a bobagem que acabou de pensar sobre o horário de saída, mas que saída, hoje vai ser uma saída sem volta, ela faz um gesto engraçado, girando o indicador ao lado da cabeça como se estivesse louca ou tentasse fazer os miolos pegarem no tranco. Em breve não vai importar mais, se chatear com hora extra não recebida. Nunca mais.

Devia ter dormido, o animal dela não anda bem, a noite teria sido mais bem aproveitada se ambos tivessem repousado.

Mas ele ficou lá, na janela, fumando e olhando a sombra da lua, a cara enrubescida pela brasa acesa a cada tragada do cigarro. O Cão contou a história do menino touro, que agora não sai de sua cabeça. A visita do comitê comercial será no meio do expediente, ela nem precisava ter entrado tão cedo. No final da história, o Cão disse que existe um minotauro preso dentro do matadouro CRS junto com a boiada, e que isso é uma coisa que só acontece de mil em mil anos.

Lucy diz ao Cão que não liga, mas não é tão simples. Tem seus próprios planos, a escola noturna de enfermagem que deseja cursar é um deles, o outro é convencer o Cão a se casar e juntos desaparecerem daquele buraco. Não tem certeza de que isso vai acontecer, seja hoje no fim do expediente ou algum dia. O telefone toca novamente, é o irmão patrão número dois pedindo que consulte os cartões do representante comercial e do adido, ele deve ter digitado errado os celulares ao acrescentá-los na agenda. Ela entra na sala da diretoria, dá a volta na escrivaninha e consulta o porta-cartões. Ao fazer isso, observa de relance o cofre negro e imantado como uma coisa viva. Um dos celulares está mesmo errado, Lucy informa ao número dois. O outro está correto.

De madrugada, depois de contar uma de suas histórias e ela o convencer a voltar para o quarto, o Cão disse que as pessoas sentem fome, que os impostos sobem e os patrões pagam pouco e por isso existe a fome. Tragava o cigarro e dizia essas coisas que pareciam decoradas, não eram naturais ao Cão de antes, aquele que Lucy conheceu quando era criança. Onde existe poder, existe mistério, ele insistia, puxando Lucy pela cintura, negando-se a ir para a cama, mas tanto o poder quanto o mistério tem de se perpetuar em histórias. As pessoas não respeitam mais a morte porque estão ocupadas demais em viver. O Cão dizia essas coisas. O custo de vida cresceu tanto que ocupou a própria vida, ele dizia. Após tapar a boca do seu animal com as mãos e com a própria boca e língua, Lucy o deitou nos lençóis e o acariciou até ele soltar uns gemidos e aquietar um pouco. Não sabe de onde ele tira aquelas ideias. Ela virou para o lado e procurou adormecer sem sucesso, e agora sabe que o Cão continuou acordado. As histórias dele tinham esta característica: nunca faziam ninguém dormir, só ficar mais acordado.

O Crente e o Cão. Os planos deles não são os mesmos que os dela, mas o que fazer, ela precisa apoiar seu animal. No matadouro todos se tratam por apelidos, apenas o RH sabe o nome verdadeiro dos empregados. Ela não merece qualquer nome nas piores horas do serviço, é Lucyenne nos maus momentos, e Lucy Fuerza nos bons. Mas os momentos bons são tão raros. O Cão a apelidou assim quando ainda estavam no primeiro ano do secundário. Era o nome da companhia de energia do Paraguai, segundo ele, Luz y Fuerza, um nome forte o suficiente para iluminar um país inteiro. Então ele já era o Cão.

O Crente passou a ser chamado dessa maneira quando começou a frequentar a igreja. Foi antes de se casar com uma evangélica de quem Lucy nunca se fez amiga. No dia da cerimônia do seu casamento na igreja, ele se sentiu tão feliz que — antes de ir ao encontro de sua esposa — mandou trazer o boi mais forte dos que restavam da criação do seu tio e o abateu com profissionalismo para dar vazão a seus sentimentos. Desde aquela época, faz mais de vinte anos, ele é o Crente, apesar de agora alegar que o apelido não faz mais sentido por ter perdido a fé. Diz isso desde que perdeu a mulher na pandemia. No fundo ela sabe que o Crente ainda acredita, e reza para que a filha sobreviva à doença.

O animal de Lucy tem esse apelido que só vigora entre os dois, o Cão é mesmo um animal, apesar de parecer tão desfigurado nos últimos tempos. Ela se pergunta o que ele pode ter, mas o Crente diz que o Cão sempre foi assim, de outro mundo.

Parece que foi emprestado à Terra, veio passar uma temporada aqui e logo vai embora. O Cão é órfão, e contavam ainda na época da escola que foi encontrado no cocho da criação do tio do Crente. Apareceu na estrebaria uma noite. Os dois acabaram sendo criados como irmãos. Na visão do Crente, o Cão é uma espécie de santo, de quem o amigo é o único apóstolo. Lucy não tem certeza de que essa história seja verdadeira, embora o Crente alegue que sim, além de dizer que o certo seria o Cão mugir, em vez de falar. Coisa que ele poderia fazer mais, falar, mas às vezes ela o faz gemer na cama, e um gemido e um mugido são bem parecidos. Lucy gostaria de saber melhor como o Cão veio ao mundo, e de qual mundo ele veio, mas o tio do Crente morreu faz muitos anos, e só o velho poderia ter confirmado essa história.

Desde a infância os três sabiam que seu destino comum seria o abatedouro. Depois de passar por todos os setores do frigorífico, da desossa aos miúdos até a estocagem, Lucy decidiu pagar um preço: quer ser enfermeira. Seria bom respirar outros gases, diferentes do metano, mudar do negócio da morte para o negócio da vida.

O relógio de parede sugere que ela tem quinze, no máximo vinte minutos para repousar da tensão acumulada nos últimos dias que culminou na noite de ontem. É o tempo que os irmãos patrões tardarão a chegar ao estacionamento. Faz travesseiro do maço de pastas de arquivo sobre a escrivaninha onde deita a cabeça e sonha com o Cão, com ele e ela juntos vivendo num mundo onde as semanas são feitas inteiramente de sábados.

[...]

Cinco e trinta e sete da manhã

O Crente repõe seus óculos e ocupa de novo o posto de fiscalização no topo da cadeira. Tangido pelo Cão, o garrote invade o curral de matança com ânimo tão comovente que até parece estar sendo libertado. Os chifres indicam que deve ter no máximo três anos. E não está mesmo, se pergunta o Cão, que o iça pelas correntes presas às patas traseiras até a sala de abate através do guincho, onde a carretilha o deposita sobre a bancada com a cabeça apontada para Meca. Os fiscais muçulmanos agarram seu pescoço e Ahmed, ainda murmurando o último versículo para Alá, degola o touro de modo a causar a maior sangria possível. O sangue inunda o piso, escorrendo pelas grades das canaletas, indo para o funil que o recolhe num grande balde. Ainda na área suja, o animal é reconduzido pela carretilha, sendo erguido com violência, e ali se debate, esguichando sangue e resfolegando, enrouquecido, a cabeça quase se desprendendo do pescoço até a esfola, na qual de um só golpe do guincho o couro lhe é arrancado de uma só vez.

A operação se repete com o Cão ao lado do brete, conduzindo o animal seguinte com a bandeira, calma, boi, e o Crente no seu papel de fiscal lhe dá a extrema-unção, afagando sua cabeça com as mãos, apontando para seu endereço último na Terra. Em poucos minutos, a carretilha parece um varal em movimento, com os bois dependurados ainda vivos, sacolejantes, e suas gargantas degoladas, em convulsão, jorrando sangue e gordura, respingando para todo lado. Após a esfola, os animais são desossados com motosserra e lavados com centenas de litros d'água, até não lhes restar uma só gota de sangue, até sobrar uma carne embranquecida que já nem parece carne e segue para os magarefes fatiarem e embalarem em isopor e plástico.

A velhinha que compra bifes embalados em isopor e plástico no supermercado não quer saber da morte. Ao alcançar a bandeja de isopor a pedido da mãe e olhar para os dois bifes exangues, o menino nem desconfia que existe alguma morte ali embalada. As pessoas empurrando seus carrinhos de supermercado, estimuladas pelo som ambiente, não querem saber qual é o principal produto à venda nos refrigeradores. Melhor esquecer dos preços pela hora da morte. O Cão pensa.

Tocando o animal seguinte, espicaçando-o de leve com a bandeira para que não se irrite, o Cão vem pela parte de fora da cerca outra vez, e o Crente admira sua paciência e delicadeza no manejo do gado, sempre foi assim, desde moleque quando cuidava da pequena criação do seu tio e as vacas cruzavam o curral para lambê-lo, o Crente se lembra de uma história dessas, de quando o Cão andava fazendo suas estripulias com uma novilha na estrebaria, esfregando seu tico no rabo da pobre, o que ocasionou uma paixão inarredável da novilha, que cruzava o curral à procura do seu amante onde quer que estivesse, se o Cão parava de um lado na ordenha a novilha ia atrás dele, e se ele mudasse de lado do curral a novilha o acompanhava, ficando à espera de que ele estendesse a mão para ela lamber, essa dança do acasalamento arrancando risada dos peões do tio, que sabiam mais que bem do que se tratava, se reconhecendo no tesão daquele rapazelho, afinal tinham feito igual na juventude.

No fundo o Cão não gostava de ser manejador, preferia ser abatedor, coisa que ele e o Crente sempre foram, ao menos até a chegada dos árabes: com a exportação crescente da carne halal, ambos foram rebaixados no serviço, pois os abatedores tinham de ser muçulmanos, tendo seu salário reduzido à metade, o do Crente, e o do Cão a menos da metade, além de não ter mais carteira de trabalho assinada e benefícios — assim como ocorreu com dois terços dos empregados do matadouro, manejadores, desossadores, magarefes e fiscais ganham apenas um pouco mais que um gari concursado, além de serem trabalhadores temporários. Quando o touro é despejado pela carretilha aos pés de Ahmed, que o degola, o Crente pensa que aquele abatedor recebe o que merece, ganha em dólar.

O manejo, a fiscalização e a matança de cada touro não duram mais que três minutos. É o tempo que leva para apagar qualquer resquício de morte da carne.

O boi entra no brete conduzido pelo Cão, é examinado pelo Crente e içado pelo guincho que o despeja aos pés dos muçulmanos, onde Ahmed reza e mete a faca na jugular dele.

O touro vem serelepe pelo corredor, escoiceando docemente as grades, meneando os chifres até o Cão acalmá-lo e o Crente lhe dar a extrema-unção e Ahmed o degolar, restando apenas um fiapo de músculo e pele a impedir que sua cabeça se descole do corpo.

O touro entra dançando pelo brete, sapateando com seus cascos dourados na brita do piso que o impede de escorregar, até ser interrompido pela corrente que o agarra pelas patas, içando-o ao alto onde continua seu baile imaginário, chegando à lâmina da faca de Ahmed e continuando a coreografia no ar, com passos cada vez menos concatenados, até perder por completo o ritmo e aquietar sua dança.

O touro vem meio acima do peso, já deveria ter morrido, dá para ver a sua dor, e o Crente o impede de continuar pelo brete pois está doente. Mesmo assim a corrente o agarra e o guincho o conduz para outro abatedor, que lhe dá uma marretada na testa, seu crânio se esfacela e o bicho desaba, mas não segue para a desossa, e sim para o digestor industrial.

Antes de chegar ao curral de matança, o touro vem pelo curral circular, que é assim para que ele não se assuste, alcançando a saída para o brete onde será inspecionado e morto; os bois que o seguem ficam ali, parados, à espera de entrar por aquela porta que pode significar a liberdade, a saída para o pasto ao qual se habituaram e que não veem há mais de mês, desde que os meteram num caminhão e os confinaram no curral de chegada junto com outros quinhentos. Ficam parados ali, talvez comemorando a sorte do companheiro que saiu por aquela porta e que agora deve estar pastando capim numa boa, com o sol na moleira e os mosquitos lhe enchendo a paciência.

O touro entra pela porta e se surpreende por não encontrar o pasto que esperava, e sim uma corrente que prende suas patas traseiras e o iça ao ar, ele se despede do Cão que o conduziu amavelmente até o Crente, que acariciou sua cabeça como se se despedisse dele, mas quem disse que ele está indo embora, então a queda, o brilho da faca e tchau e bença.

O touro entra pelo brete manejado pelo Cão, passa pelo Crente e é içado pelo guincho que o despeja aos pés de Ahmed. Vinte litros de sangue jorram, inundando a canaleta por onde escorre até o balde que o conduzirá para outro setor do matadouro, no qual será processado para produzir ração para cães e gatos.

O touro entra no curral de matança e é liberado para ser degolado pelo muçulmano.

O touro entra pelo brete, sacudindo o rabo de alegria, tem os pés acorrentados e o corpo içado, até cair de frente para Meca e para a lâmina afiada de Ahmed, em nome de Alá, o mais bondoso, o mais misericordioso. Seu olho, maior que uma jabuticaba a ponto de estourar, enegrece de repente e bem no seu fundo se apaga uma estrela.

O touro entra pelo brete, é morto e em três minutos já tem os chifres serrados, as patas e o rabo cortados, o couro arrancado e o bucho aberto para separação das vísceras, depois é serrado pela motosserra ao meio e levado até a câmara frigorífica.

Em dois dias estará na geladeira do supermercado na forma de dois bifes numa bandeja de isopor e meio enegrecidos, graças ao contato com o plástico que os envolve, etiquetado e precificado, diante dos olhos bem abertos de alguém que conta de cabeça as notas do interior da própria carteira e conclui não ter dinheiro suficiente.

O touro entra no curral de matança, é conduzido pela carretilha até Ahmed, que o degola enquanto o animal está consciente, pois os muçulmanos precisam ouvir o mugido do boi como comprovação de que está vivo, é uma manifestação do seu espírito se esvaindo.

O Cão olha para o Crente e sacode a cabeça em negativa: não gosta que os animais sejam mortos assim, quando o Crente era abatedor fazia uso da pistola de pressão para deixá-los inconscientes, para serem mortos sem sofrimento. O Cão estica suas mãos sobre as próprias coxas, massageando as pernas doloridas devido à ação repetitiva de conduzir os animais pelo brete até o curral de matança.

Um touro entra no corredor da morte.

Outro touro entra no corredor da morte, veste fraque e usa polainas.

Uma novilha entra no corredor da morte, seu couro malhado a deixa parecida com uma zebra, talvez pense mesmo estar disfarçada de zebra e prestes a entrar em cena, dando voltas no brete que a enchem de alegria. Ao pisar no curral de matança, ela pensa que enfim pisa o palco, onde interpretará uma zebra em alguma história passada na savana. Mas a cortina baixa em vez de subir.

Mais um touro entra no corredor da morte.

E outro touro entra no corredor da morte.

O Cão vê neles a sua essência, pois dançam como humanos, choram e riem feito bebês e crianças.

Trezentos e oitenta e dois bois entram no curral de matança até o intervalo do almoço, todos manejados pelo Cão. O número é baixo, não é uma boa segunda-feira para os abatedores. Para os touros, a incompetência deles não passa de um adiamento. De uma ilusão. É a última segunda-feira útil do mês de dezembro. Logo será janeiro de um novo ano e a vida se renova.

Dois mil litros de água são usados para lavar cada animal, setecentos e sessenta e quatro mil litros são usados para limpar a ideia de morte nesta manhã no matadouro. O rio secou e não foi à toa.

O Crente olha para Ahmed e lhe pergunta se após tanta degola ainda sente o braço. Ahmed faz uma careta triste e um gesto de mais ou menos com a mão desocupada, exercitando sem sobreaviso o ombro com giros circulares do braço e assustando os fiscais muçulmanos, que pulam para trás, quase atingidos pelo fio da longa lâmina.

A sirene da hora do almoço dispara e o Crente e o Cão, sacando seus maços de cigarro dos bolsos do avental, se afastam em direção à saída do abatedouro.

É meio-dia da última segunda-feira útil do ano.

Da cabeça do Cão não sai a certeza de que todos aqueles bois morreram apenas porque ele os conduziu até o centro daquele ardil em forma de espiral.

[...]

Quatro e vinte e cinco da madrugada

Ambos estão diante da janela. Chove. O Cão olha a chuva. Lucy diz que existe um matadouro detrás da neblina. Ele continua sério, fumando. Responde em zombaria que existe um minotauro dentro do matadouro detrás da neblina. Está agachado diante dos bois e olha com espanto as próprias mãos. Não as entende, porque deveriam ser cascos e não mãos. Lucy diz que conhece a história e sabe como acaba.

Você pediu uma história, não pediu, ele diz. A história é essa.

Essa eu conheço, Lucy diz.

Não conhece. É a história do minotauro, só que contada do ponto de vista dos bois.

O Cão diz que a ouviu de um vizinho de cela no presídio. Era de noite, fazia silêncio e ele ouviu do nada a voz sem rosto falando que os bois pastavam no cocho do curral circular, quando um dia chegou o menino com cabeça de touro e corpo de criança. Foi jogado pelos vaqueiros e ficou caído nas pedras cobertas de lama e estrume. Olhava as próprias mãos e as comparava com os cascos dos bois na sua frente. Devia ter cascos, mas tinha mãos. O Cão andava lendo Temple Grandin na cadeia e lhe chamou a atenção a voz se referir ao curral circular, que era uma coisa do livro dela. O patrão construiu nos porões do casarão um curral de galerias tão intrincado que, uma vez dentro, era impossível encontrar a saída.

Temple Grandin maquinou o labirinto, diz o Cão para Lucy, que coça as pálpebras a fim de confirmar se está mesmo desperta. O curral em forma de caracol. Dédalo é uma mentira.

Nesse labirinto subterrâneo o patrão encerrou a desonra da família, o filho de sua esposa. Ela havia parido o filho que concebera com um touro branco, que por sua vez lhe fora enviado por um deus. O menino era o minotauro, um monstro com corpo de gente e cabeça de touro. Os bois não sabiam nada disso, nem lhes interessava, disse a voz vinda da cela ao lado da do Cão. E o menino acabara de descobrir o que é um boi. O labirinto parecia esse lugar aqui, disse, só que na prisão a geometria é outra, aqui manda o quadrado e lá mandava o círculo. A cada nove anos, os cidadãos eram obrigados a enviar ao matadouro sete meninas e sete meninos para serem devorados pelo minotauro.

Os bois compreendiam aquilo como uma aberração, aquela carnificina. Como podiam estar presos ali se eram tão diferentes, a voz sem rosto se perguntava, e será que eram mesmo tão diferentes assim. O menino cresceu à base da carne de outros meninos. Com a cara colada no ferro das grades, o Cão pressentia aquela voz que vinha do corredor de luzes apagadas. O menino com cabeça de touro caminhava sobre os dois pés, e os bois entendiam isso como uma ofensa. Quando as oferendas demoravam a ser entregues, os bois desconfiavam da agressividade do menino, que aumentava nessas horas. O menino touro estava cada vez maior, e sua fome aumentava junto com o estômago. Temiam ser devorados, algo que ainda não tinha acontecido. No presídio, o Cão se perguntou se algum outro preso também estaria ouvindo aquela voz. Não se escutava nenhuma reclamação pelo sono interrompido. Nenhum pio.

Mas o patrão não tinha outro lugar pra botar os bois, diz Lucy. Pra que trancafiar o monstro no mesmo curral que eles.

Não se joga um pacu no pasto, diz o Cão. Nem se enfia um boi no rio.

E assim foi até que o abatedor apareceu, determinado a matar o minotauro. A filha do patrão, escondida do seu pai, entregou ao abatedor um facão afiado e um novelo de lã. Depois de amarrar o fio na entrada, ele percorreu os corredores em busca do minotauro. O abatedor andou e andou até que de repente ouviu um mugido, e viu o monstro correr com seus chifres em sua direção. Uma luta começou. Finalmente, o abatedor agarrou o minotauro pelos chifres e enfiou o facão em seu peito. O monstro caiu no chão e o abatedor o arrastou para a saída.

Mas esse é o final da história que eu conheço, diz Lucy. Não o da história que você prometeu.

Tem razão, diz o Cão. A história do ponto de vista dos bois acaba meio diferente.

E acaba como.

Antes de serem comidos pelo menino touro ou salvos pelo abatedor, os bois desconfiaram. Ao ouvirem os mugidos do menino touro, que já era um rapaz, entenderam que ele tentava falar com uma voz diferente da deles. Em outra língua. E se preocuparam.

Se preocuparam porque seriam comidos, diz Lucy. Ou por outro motivo.

Não, isso já não os preocupava. Quando o menino touro falou a primeira palavra que não entenderam, eles começaram a se questionar e depois que isso aconteceu, nada mais foi igual. Tudo ficou diferente. Perguntar é um caminho sem volta, e os bois não sabiam disso. Seus caminhos são circulares, eles sempre voltam.

E qual era a pergunta.

Os bois pensaram: ele é meio touro meio homem. E está preso aqui igual a nós. O filho da patroa. Se é assim, de que adianta ser homem, se não existe liberdade.

Já fraca, a voz sem rosto disse que, desde então, de tempos em tempos nasce um menino nos matadouros. Para lembrar aos bois e aos homens que os caminhos não têm volta. O Cão conta que despertou na manhã seguinte com a cela vizinha sendo desocupada pelos guardas. Conduziam o prisioneiro algemado e, com as luzes apagadas, o Cão mal o enxergou. Ao passar o homem lhe sorriu com dentes esverdeados, ou assim lhe pareceram, dentes cor de musgo ou cor de capim, e notou duas cicatrizes feias em sua testa. O som dos passos se afastou no corredor e a voz sem rosto deixou de ter corpo. O Cão acende outro cigarro. Lucy fica calada um tempo, ouvindo o barulho da água da chuva despencar da calha e atingir a lama do corredor da casa. Considera que, com aquela história, talvez seu animal queira revelar algum segredo que vai pela cabeça dele e não dispõe de outro meio para sair.

[...]

Mil oitocentos e oitenta e um anos antes

A areia ferve sob os pés descalços do sacerdote, enquanto ele baixa ao fosso sacrificial. Com olhos postos nele, o imperador, combalido na arquibancada, acena aos súditos. Joga rosas para as crianças. Boceja. Uma pétala cai sobre os ombros do sacerdote, o rubro se destacando contra a brancura da seda da toga gabinense que veste, de mangas compridas e capuz. A primeira gota de sangue. O refulgir de sua coroa dourada cega, ao longe, o centurião que guarda o imperador. O sacerdote se distrai por um segundo, vendo a sombra do touro contra a areia, em movimento, os chifres mais alongados que os do touro real em meneios ameaçadores da cabeça, além das silhuetas espichadas dos abatedores à espera do início da cerimônia. Ambos, ele e o touro, caminham na mesma direção, o sacerdote entrincheirado no fosso, o touro mais acima, uma presença massiva se deslocando, vergando as tábuas da passarela. O sol de quase dez da manhã vara os finos orifícios da passarela vencida pelo animal, a poucos palmos da cabeça do sacerdote, estampando moedas de ouro na areia. O burburinho da plateia aumenta, os cascos percutem contra as tábuas, o sacerdote sente as plantas dos pés arderem e um forte odor de flores mortas vindo de cima, das arquibancadas ao redor do fosso sacrificial, mesclado ao fedor da merda secando nas latrinas da arquibancada com vista para o fosso. O sacerdote reconhece no ricto das feições do senador acocorado nas latrinas, apenas sua cabeça assomando pela mureta, o regozijo da defecação. Contido pelos manejadores, o touro estaca na passarela exatamente sobre o sacerdote, que também aguarda abaixo, no fosso sacrificial.

No seu camarote nesta manhã de março de 140 A.D., o imperador se levanta, apoiado pelo centurião. A multidão na arquibancada o imita, em saudação ao César. As palavras proferidas pelo imperador chegam abafadas aos ouvidos do sacerdote, porém ele as reconhece, não é a primeira vez que tem a honra de celebrar o Taurobolium: são as palavras de um moribundo. Alguns instantes se passam, até o vozerio arrefecer por todo o coliseu e o silêncio se insinuar pela trincheira onde o sacerdote espera.

O touro está coberto de flores e enfeites de ouro. Calafrios tomam o corpo do sacerdote, e uma gota de suor escorre da base do seu crânio, atravessando-lhe a nuca e a espinha dorsal e morrendo na seda da toga. Ele ergue a face para a passarela acima, e nela os abatedores se preparam, erguendo seus pesados cutelos de ferro. Átis sopra um vento sorrateiro que redemoinha a poeira aos pés do sacerdote, inflando seu capuz. O sol das dez em ponto é eclipsado pelos cutelos, e o primeiro golpe atinge o pescoço do touro, decepando-o pela metade. O esguicho de sangue se esparrama pelo piso da passarela. Os cutelos prosseguem, esfacelando a espinha do touro, e ele desaba, sangrando por toda parte. O sangue penetra os orifícios nas tábuas da passarela, e é despejado sobre a cara do sacerdote com força. Arranca seu capuz, enche seus olhos, ouvidos e boca. Uma ducha quente e rubra. Em poucos minutos, não resta um só poro da pele do sacerdote que não esteja entupido pelo sangue do touro. Ele tosse, engasgado, e seus ombros vergam com o peso.

Com a toga ensopada, deixando pegadas vermelhas na areia, o sacerdote emerge do fosso sacrificial com a cabeça do touro entre as mãos. Mais de quarenta litros de sangue o banham e deixam seus passos arrastados, ainda assim ele avança pela arena até se deter diante do camarote do imperador, dobrando-se em sua honra. Apoiado pelo centurião, Lúcio Vero se ergue, cambaleante, e cumprimenta o sacerdote. O corpo doente do imperador é um cárcere, os benefícios do Taurobolium não são eficazes contra o envenenamento. Em breve morrerá.

Já no limiar do túnel, deixando para trás as ovações da turba e a luz do sol, o sacerdote caminha na penumbra mal iluminada pela luz dos archotes. Leto desatou o falcão da morte do seu pulso grave, para deixá-lo rastejar em nosso mundo. O sacerdote sente que os deuses o abandonaram. Ele encara a cabeça do touro, sustentada pelos chifres. Os olhos do animal, dois globos negros refletindo o rubor das chamas nas paredes, não lhe dizem nada. Embora não acredite que animais possam rir, concorda que o touro ri dele. No campo da morte, só os nossos primos, deuses e monstros, riem dos que ficam para trás.

[...]

Seis e quarenta e sete da manhã

Batem na porta. Lucy não sabe o que faz tão acordada na fronteira da noite com o dia, consulta o despertador na mesa de cabeceira mas o mostrador digital não exibe números e sim um desenho animado com um gato e um rato, o Cão permanece de costas na janela olhando a lua, está escuro, ela não vê a cara dele virada para fora, apenas a fumaça do cigarro subindo enquanto ele prossegue imóvel, como se não ouvisse as batidas, então decide se desvencilhar do lençol e ficar em pé, veste o roupão, o quarto tem uma luz azulada e ela reclama com o Cão debruçado na janela, está surdo, porra, não está ouvindo baterem, algo assim, e se encaminha para a porta da sala que balança com as batidas que lhe dão, quem pode ser a uma hora dessas, será o Crente, pensa Lucy ainda atando a faixa do roupão e girando a maçaneta, mas quando abre a porta não tem ninguém, ou ao menos de início ela não vê coisa alguma, apenas uma silhueta que se mexe vagarosamente no escuro, e que aos poucos vai se mostrando, ela aciona o interruptor para enxergar melhor e primeiro surgem os cascos, e aí os chifres são iluminados, e vê o restante do corpo, um corpo de menino com cascos e cabeça de boi que abre a boca e solta um mugido terrível de campainha de muitos telefones e extensões, ensurdecedor, Lucy pisca os olhos de novo e a luz branca do escritório a cega por instantes, os ponteiros do relógio de parede marcam seis e quarenta e sete e ela se apavora, acalmando-se somente ao perceber que ainda não chegou mais ninguém ali, a não ser o velho vigia que continua distraído no corredor, olhando o celular, quem sabe vendo fotos dos netinhos ou pornografia.

Lucy se ergue, fazendo um sinal de alerta ao vigia, abre o olho que os homens chegaram, e se aproxima do janelão que abre para a guarita de entrada do estacionamento do matadouro. Olha lá embaixo, para o portão, a tempo de ver três SUVs negras enfileiradas se aproximando a toda a velocidade pela estrada, erguendo a poeira do Mato Grosso que tem a mesma cor do sangue coagulado.

Comprimida contra a grade do lado de fora, a horda de famintos que aguarda à beira do deserto margeando o estacionamento parece maior que a habitual. Apesar da distância em que se encontra, no primeiro andar do prédio, Lucy identifica entre os miseráveis alguns conhecidos com suas caras de escombros, gente do distrito que não tem o que comer e está sempre por ali à espera de restos. Dessa vez tem mais. Talvez a maior concentração se deva à proximidade do fim do ano, ou então foram atraídos pelo plano do Cão, mais uma de suas histórias que servem para desarmar a arapuca, como ele diz, histórias para ensinar o rato a fugir da ratoeira. Os carros ultrapassam a cancela e o filho idiota do velho vigia afugenta a cacetadas alguns miseráveis que metem os braços pelo vão, enquanto o portão eletrônico se fecha.

Os irmãos patrões chegaram, diz Lucy a si mesma. O inferno das segundas-feiras, com suas chamas alimentadas pela véspera do Natal.

[...]

Noite adentro eles confundem seus sonhos com a realidade e se amaldiçoam por não reconhecerem mais em qual lado se encontram, se do lado de lá ou do lado de cá do cercado. Como não sabem se estão acordados ou adormecidos, suas existências oscilam entre esses estados, e quase toda a danação que sofrem advém dessa ignorância. Seus dias são embrutecidos pela fadiga, pois se movem de um lado a outro se comportando de modo incompreensível, não descansam nunca. Talvez considerem que se manter em movimento os proteja de serem atingidos, e se correrem de lá para cá o tempo vai correr mais devagar. Mexem-se até durante o sono, e seus olhos reviram debaixo das pálpebras.

Em outra instância, ficam felizes apenas durante ocasiões breves, nas quais pulam para o alto, balançam os braços e fazem caretas, dão tapas no próprio rosto e nas coxas quando sentados, beliscam-se para verificar se estão despertos e, por um átimo, não mais que isso, ao exibirem uns aos outros seus dentes minúsculos como pérolas, ganham alguma beleza.

Mas logo depois silenciam, e ficam envergonhados por agir daquele modo irracional, e olham para baixo como que disfarçando sua vergonha. Acabrunham-se e às vezes adoecem, e não existe nada que os envergonhe mais do que a doença, pois parecem saber de algo desconhecido por nós, algo que temem e os faz agir dessa maneira tão intempestiva, como se o tempo não estivesse a seu favor e sim contra eles.

Nos perguntamos o que tanto temem. Não sabemos o que pode ser.

E continuam a se mexer, irrequietos, e correm de um lado para outro, e sobem e descem escadas descontroladamente, escadas de aço que despontam e penetram na superfície, como se hesitassem entre permanecer em cima e permanecer embaixo, e embarcam em gigantescos objetos abaulados e brilhantes, ônibus, navios e aviões que os transportam sobre a terra, pela água e até pelo ar. Quando chegam a lugares distantes, se veem novamente infelizes, e sentem ganas de voltar ao ponto de onde partiram, e só então percebem que aquele lugar não existe mais e nunca poderão voltar à sua origem. Pois aquele lugar já terminou.

Ao contrário de nós, que somos todos iguais e nos alimentamos das mesmas coisas sem dissentimentos, de coisas que nascem do chão ou de manjedouras durante a noite sem que saibamos de onde vêm, eles conhecem a fome, e às vezes se trata da única verdade que conhecem ao longo de toda a existência.

Nunca compreenderemos o fato de alguns terem o que comer e outros não.

É provável que tenham esquecido como obter comida, apenas alguns deles, ou a maioria deles — que são muitos, bem mais do que nós, talvez tenham oito vezes o nosso número neste mundo que compartilhamos —, e por isso vaguem pelo orbe amnésicos de tantas coisas, mas principalmente de saberem onde encontrar o que comer, pois já não acham alimento no chão nem nas árvores, ou, se o encontram, não serve a eles, apenas a alguns, poucos, os donos da terra onde a comida brota, donos dos celeiros onde é acumulada, donos também do tempo que se esvai. Um aspecto ainda mais intangível é o fato de nos alimentarem, mesmo que estejam à beira do desfalecimento. Aceitamos a comida com desconfiança, pois não sabemos bem o que desejam ao agir assim, por que não comem eles a comida que nos oferecem. Seriam tão benevolentes assim. É o que nos perguntamos.

Diferentemente de nós, que vivemos pouco por aqui e um dia saímos por aquela porta para não mais retornar, estamos fadados a não saber o que existe no final do caminho, eles vivem demasiado, e têm tempo demais para sofrer. De fato, se nós não temos saída alguma em decorrência da presença deles no mundo, eles não têm como escapar de si mesmos.

Não parecem saber o que fazem aqui ou o que é a felicidade, e mesmo que frangos assados revoassem por todos os lados e eles pudessem colhê-los no ar como a uma fruta madura, ou mesmo se voltassem a saber como apanhar a comida que nasce pronta e cozida a seus pés, ou que o amor fosse algo simples e banal, deparável em cada esquina, barato e frequente, ao alcance de qualquer um, ainda assim acabariam entediados e se matariam uns aos outros, como já o fazem sem nenhum propósito compreensível, agora que não há nada a comer senão migalhas e carcaças, e se matariam uns aos outros quando restasse algum tutano para ser sugado de uma costela ou fêmur cavado nas fossas.

Quando não encontram o que comer, sempre existe o risco de voltarem a se devorar entre si, algo que às vezes fazem nem que seja secretamente, em lugares recônditos no meio de florestas ou nos fundos sombrios de suas casas lúgubres, de suas fábricas desertas, sempre com as luzes apagadas, apenas para relembrar antigos costumes esquecidos.

E nisso estamos. Tendo-se a si mesmos dentro das próprias vísceras: talvez só assim possam voltar ao lugar de onde vieram.

Carregam mais de um labirinto no corpo: miolos e intestinos. Os miolos alimentam a vaidade que os conduz ao engano. Somente os intestinos oferecem uma saída.

[...]

Sete e um da manhã

Os irmãos patrões entram no escritório da administração. Discutem, como sempre. Deveriam ter madrugado, se é mesmo um dia de ouro para eles, como acham. Para espanto de Lucy, que os aguarda em pé abraçada à sua pasta de memorandos e com as olheiras escorrendo pelas faces, mudaram a escolha, transferiram o filho idiota do velho vigia que lhes serviu de motorista e guarda-costas por algum tempo para a guarita principal e contrataram novos seguranças. Pelo bom-dia murcho dito aos patrões, quase um estertor, logo o velho vigia poderá se dedicar somente aos netos e à pornografia. Pela frieza do cumprimento dos patrões, é o próximo na fila dos demitidos. Os três seguranças se posicionam em pontos equidistantes do corredor, ordenando ao velho que desça para a recepção. Passam um receptor de rádio para ele, um aparelho moderno, e o velho estuda os botões como se olhasse para algo ainda em vias de ser inventado.

Os irmãos perguntam quase ao mesmo tempo a Lucy se ela tem alguma novidade sobre a visita do comitê comercial acompanhado do adido agendada para o final da tarde, se ela recebeu algum comunicado da embaixada desmarcando a tal visita, se o adido comercial ligou para o telefone da empresa, se o horário era aquele mesmo confirmado um mês antes, se ela tem certeza disso, se por acaso o adido comercial não enviou uma mensagem, um áudio, um e-mail, cancelando a visita, ou mesmo a adiando para janeiro, se ela tem certeza de que não, se por acaso ela não estava no banheiro ou tomando cafezinho no momento em que o representante comercial ou o adido ligaram da embaixada, e agora, como ter certeza de que não ligaram, se por acaso ela passou corretamente os números pessoais dos celulares deles para a secretária do representante comercial, para a secretária da embaixada, para o assistente do embaixador, da puta que pariu, porra, por que diabos eles não conseguem falar com o tal adido e com o representante comercial na embaixada.

Com tranquilidade apenas aparente, Lucy responde sim e não à medida que as perguntas lhe são disparadas.

O patrão número um berra pelo chefe dos seguranças, um negro alto cuja máscara é perfurada por sua barba de arame farpado. Tem um fuzil atravessado nas costas. O patrão número um o apresenta a Lucy, enquanto número dois abre o cofre na parede e deposita dois malotes no seu interior. O negro alto pergunta a Lucy qual será o protocolo de visita da segurança do representante comercial acompanhado do adido da embaixada, a que horas chegam. Os pelos parecem carrapichos presos na máscara dele. Lucy responde que virão em conjunto, o representante comercial, o adido e o responsável pela segurança, apenas um deles, o adido para assuntos militares da embaixada, supervisionará as dependências do matadouro à medida que o comitê avançar na visitação das mesmas. O chefe dos seguranças, assim como seus dois chefiados, não apresenta nenhuma logomarca de firma de vigilância na roupa. Apenas usam fardamento, os três, Lucy pensa, enquanto abraça sua pasta de memorandos, além de toucas, coturnos pretos e barbas de arame farpado.

Ela inclui o Natal no seu rol particular de dias malqueridos, junto das segundas-feiras, em particular a última segunda-feira útil do ano, e revisa a lista remetida pelo RH de funcionários de carteira assinada e trabalhadores temporários que receberão sua dispensa no fim do expediente daquele dia, além do pagamento em espécie. Não se surpreende ao encontrar nela, abaixo dos mocotozeiros, serradores de porcos, carneadores do açougue, miudeiros, frangueiros, quarteiros, pescoceiros e serradores de parte dianteira e abatedores de porcos, os nomes reais do Crente e do Cão e nenhum muçulmano na lista, o Crente e o Cão com seus foscos sobrenomes sem importância alguma, listados sob a letra esse de silvas e sousas. Em pouco tempo não haverá sobrenome entre os contratados que não seja estrangeiro.

Ao perceber a atividade da secretária, número um se aproxima dela e lhe ordena, com discrição a fim de que o irmão não o ouça, para comunicar aos trabalhadores temporários que ocorreu uma confusão bancária qualquer e o pagamento deles, habitualmente em dinheiro, está adiado para o primeiro dia útil do ano que vem. Com isso, estão dispensados da semana de trabalho entre o Natal e o Ano-Novo. Aturdida, Lucy olha de soslaio para o cofre onde o outro irmão patrão acaba de depositar os malotes. Número um percebe sua dúvida, mas não fornece nenhuma explicação.

O celular vibra, e Lucy lê a mensagem enviada por sua colega, funcionária do melancólico aeroporto da região cuja pista costuma receber apenas magnatas da soja e do gado em visitas esporádicas. O jatinho do comitê comercial acompanhado do adido da embaixada tem pouso previsto para as catorze horas.

[...]

Meio-dia e oito

Quando o sol atinge seu cume, um ao lado do outro na pia metálica do curral de matança, os abatedores muçulmanos, Ahmed é o último deles, fazem a ablução: lavam com água as mãos, as narinas, os braços até a altura dos cotovelos, a cara, a cabeça, as orelhas, os ouvidos e os pés. Depois se viram em direção a Meca e em pé anunciam sua disposição a orar. Em pouco tempo, após variarem posições, de joelhos ou sentados, estão com a cara no chão previamente limpo e têm as palmas estendidas para a frente, como se pretendessem nadar no metal. Logo atrás deles, dependuradas nos ganchos da carretilha fixa, três corpos de boi ainda exibem leves espasmos, quase imperceptíveis nos seus últimos estertores, uma cortina de carne e sangue balançando ao vento abafado do meio-dia.

Da porta lateral do matadouro, o Cão e o Crente observam os muçulmanos até serem apagados pela luz do sol ao acionarem a alavanca da porta e a abrirem, escapando para o terreiro onde funcionários se reúnem para fumar. Uma nuvem sem forma de animal se move, uma nuvem solitária no horizonte, tapando o sol. Uma nuvem com forma de nuvem. O Crente aponta o fósforo para os famintos agrupados do lado de fora da grade.

Deu certo, ele diz. Acende o cigarro e oferece o maço ao Cão. Tem mais que o normal. Trabalhou bem.

Véspera de Natal facilita, diz o Cão. Mais a promessa do patrão. E minha afilhada, já abriu os olhos. Disse que ia lá no hospital ontem.

O deserto branco que brota do leito seco do rio, ocupando o terreno ao redor do matadouro, empurra seus seixos através da poeira e sobrevoa as grades e a cabeça dos miseráveis, pousando diante do Crente e do Cão. Com o vento, os seixos parecem criar vida, secos à procura da água que desapareceu.

Tomei banho naquela curva do rio, diz o Crente apontando os barrancos do leito. Debaixo da figueira-branca. Lá onde sua noivinha foi enterrada.

No tempo que o matadouro dispensava sebo e sangue no manancial, diz o Cão ignorando a zombaria. Belo banho.

Ela abriu os olhos, diz o Crente. A minha filha. Mas está sempre dormindo quando vou lá.

Já pensou em ir quando ela estiver acordada.

Que promessa do patrão foi essa.

Número dois prometeu distribuir osso no Natal pra essa renca. Lucy que falou.

E o que número um achou disso.

Não deve ter dado um abraço nele quando ficou sabendo.

A nuvem aumenta, deixando de ser nuvem e adquirindo a forma de um surubim que se arrasta ferido de morte por algum arpão fora de vista, e se dissipa no trecho de firmamento logo acima dos miseráveis concentrados ao lado da grade.

Ela deve ter alta nesta madrugada, diz o Crente para o Cão, que concorda em silêncio, depois arremessa a bituca com um peteleco para perto da grade, de onde olhos famintos se estendem para os dois. A gente vai partir mesmo que não tenha.

Os abatedores muçulmanos saem pela porta entreaberta do matadouro, um atrás do outro, e vão acendendo cigarros que passam entre si, enquanto se fecham num círculo. São quatro, Ahmed é o único que não retirou o avental, e as manchas de sangue no tecido se destacam contra a brancura que as envolve, as paredes externas do matadouro, o deserto e as próprias roupas brancas do abatedor. Acena com a cabeça para o Cão, que não retribui, apenas lhe devolve o olhar.

Nem lembro da última vez que tomei banho nesse rio, diz o Crente.

Não importa. Quando aconteceu já não era o mesmo de antes, diz o Cão dando meia-volta em direção à porta do matadouro.

E daí, diz o Crente o seguindo, aos pulos.

Daí que aquele filósofo estava certo, mas só em parte.

Quem é esse. De que porra você está falando.

Do filósofo que disse que era impossível um homem tomar banho duas vezes no mesmo rio.

Claro, se agora o rio está seco.

Mas e se for de sangue, diz o Cão, é possível tomar banho duas vezes no mesmo rio de sangue.

Certeza, diz o Crente. Até mais. Muitas.

Apontando o próprio relógio de pulso para que Ahmed o veja, o Crente avisa que já está quase na metade do horário de almoço. Precisam comer. Nem que seja para não chamar a atenção dos demais funcionários. Todos os anos nessa ocasião número dois faz seu discurso. Nesta última segunda-feira útil do ano, entretanto, o irmão patrão número um vai dizer que não tem cesta de Natal para ninguém. Talvez diga que o ano que vem foi cancelado. Talvez nem apareça. É bem possível.

O próprio jogo da dúvida já inclui essa certeza, diz o Cão.

Não fode. O rio morreu, diz o Crente. Sobrou só a sujeira.

[...]

Cento e oitenta e três anos antes

São tantos, os ninhos de seriemas e codornas, de longe parecem raízes de um morro recém-aplainado para limpar a terra. Das moitas do cerrado assomam o araçá e a pindoba, além do mato-carrapicheiro e o picão. À medida que a manada ergue a poeira encobrindo o sol, os chifres perfurando a nuvem de pó, vigiada pelo olhar do ximango-caramujeiro, vai amassando, esmagando, triturando com os cascos as palmeirinhas-anãs do capão mais doméstico. O sol é engolfado pelo solo vermelho que migra para o ar. Não sobra nada além de colonhão, pasto para o curraleiro pé-duro em marcha.

Em 1838, o homem observa a planície com uma das mãos acima dos olhos, protegendo as vistas, e a outra apoiada no pito da sela, segurando as rédeas. A terra é mesmo boa, e vai melhorando conforme avançam a cerca no terreno alheio, dois palmos a cada dia, às vezes três ou quatro. Traz cem cabeças de gado compradas em São Félix do Araguaia, mais algumas arrebanhadas no caminho, nas aforas de Crixás, Niquelândia e Traíras, e não sabe como lidar com elas, pois não há quem as coma aqui, além de bugre, larápio e a mosca-do-berne. É gado demais para carnear ou mungir, a demanda seria atender outros posseiros da região, menores e menos gananciosos, que vão negociar no máximo uma parelha de cruzamento ou de carro de boi. Talvez não valha o suor e os problemas que vai ter para pagar os peões, ainda desavisados dessa impossibilidade, mas já encasquetados com o calote.

Essa boiada ainda vai acabar sendo a sua família, ele diz a um dos peões. Nunca há de faltar sustento.

Ao menos tem aquele rio ali, afluente do Paraguai. Rio sem nome, rio de curral. Vai nomeá-lo São Lourenço, assim homenageia a valentia do santo após a morte do papa. Enquanto os soldados do imperador o churrasqueavam, condenado que fora por apresentar uma multidão de pobres como o único bem da Igreja, o santo clamava aos soldados: *agora podem me virar, este lado já está no ponto.*

Três peões não seriam problema, basta arregimentar um deles, o pior, para dar cabo dos outros; passado algum tempo, um ou dois meses, mais que suficientes para se atestar confiança ou não, e dar cabo do um, se for o caso; se não, mantê-lo esperançoso com alguma veniaga, fazer dele capataz, quem sabe, e eliminar o problema maior, ou mais numeroso, os Kadiwéu ladrões de gado e de cavalo, dando um tirinho com a espingarda aqui, outro tirinho acolá, só para afugentar, pois matar um aqui e outro além seria suficiente para os bugres irem se enfiando cada dia mais nos cafundós do matagal, ou nas terras de outrem, o que soa bem melhor, já que seria o vizinho a se encarregar de distribuir mais tirinhos aqui e acolá, e de fazer a lida porca ou limpa, dependendo do ponto de vista, pois tem quem goste de gastar chumbo com animal sem serventia como bugre.

O pasto vai ficar livre, sem nada além de onça e do gato-maracajá, que não compreendem grande perda de rebanho; e daí, o que fazer com tanta vaca se reproduzindo livre e esfuziantemente e sem ninguém que as coma. Sumidos bugres e pobres, descontados prejuízos para os predadores como um imposto compulsório a ser pago à natureza, o que fazer com tanta carne, vender para quem.

Apeia do cavalo, batendo as esporas para soltar o barro seco, e caminha até a beira do rio. Verde da cor do vegetal, a corrente arrasta sujeira e restos no seu bojo, paus e matéria putrefata até a curva que dobra mais à frente, um bom terreno para se construir. São Lourenço, eu te batizo, pensa ao se agachar e encher a copa do chapelão da água que despeja na própria cabeça. O batismo é do rio e dele mesmo. O frescor momentâneo o leva a idealizar a solução, por que não montar o matadouro naquela curva de rio, dar vida mas também matar, cumprir o ciclo inteiro. Depois salgar a carne e vendê-la no Norte, aos abonados dos engenhos. A fortuna vai durar para sempre com toda a força da correnteza, impulsionada pelo fluir daquele rio que nunca vai secar.

O homem, um antepassado dos irmãos patrões, seu trisavô, quem sabe, ou outro ladrão qualquer de terra e gado, um pioneiro, como se diz, então se afasta da beira do rio e escala a ribanceira. De volta à manada, observa os bois se organizando tacitamente num círculo em expansão pelo pasto, é curioso o movimento em espiral a que obedecem, a lógica bovina. Das últimas fileiras, quase na borda da mata e sob a sombra dos galhos, percebe um animal encavalado em outro, copulam, e se move na direção deles com satisfação, já se reproduzem, em breve irão popular esses baixios, serão parentes, familiares.

Ao se aproximar, conclui que o animal subjugado ainda é demasiado pequeno para se reproduzir, uma novilha de dez meses, e o animal de cima, descolando-se do que está debaixo, anda sobre duas pernas, que sacode com indolência, acomodando a verga dentro das calças e atando a perneira de volta. Devolve o chapéu à cabeça, ao tempo que sorri para o patrão com desfaçatez: é o pior dos peões. A família se multiplicando ali, diante dos seus olhos, na savana, onde homens e bois se misturam.

[...]

Meio-dia e vinte e cinco

No bufê do refeitório, o Cão agradece à auxiliar de cozinha e observa a comida na bandeja. Grãos, como de costume, misturados a fiapos secos de frango e macarrão de semolina. A salada fatuche foi abatida a tiros. O único prato familiar é a gelatina verde da infância. Quando senta ao lado do Crente, alguns minutos depois, o amigo já separou o frango de lado, reservando os fiapos na beirada da bandeja. O Cão faz o mesmo. O cardápio do matadouro se adaptou aos funcionários árabes, agora é quase sem carne. Não entendem, então, por que o mercado islâmico importa tanta carne halal. Lá, como aqui, quem come carne são só os ricos.

Na cadeia conheci um porqueiro que estava preso por ter matado o patrão, diz o Cão sem tocar na comida. Ele alegava inocência.

Ao ouvir o amigo, o Crente dá outra garfada na comida, solta um resmungo e continua quieto. Quando fica angustiado, o Cão dispara a falar. Melhor não interromper nem perguntar nada. Se fizer isso, não terá paz.

O cadáver nunca foi encontrado, diz o Cão. A família do patrão denunciou o empregado que cuidava da pocilga, o tal porqueiro. Se não tem corpo, não tem crime, não é mesmo. Mas a polícia não quis nem saber. A última vez que viram o patrão foi num domingo, perto da pocilga. Como era fim de semana e tinha alimentado os porcos no sábado, o porqueiro — que estava de ressaca — não foi trabalhar naquele dia. Nem viu o patrão, segundo ele. Como o cadáver não aparece, foi preso e julgado sem chance de se defender. A família o acusou e pronto. Eram donos da cidade, o empregado foi condenado a trinta anos. Mas, lá na prisão, ele desenvolveu uma teoria. Acreditava tanto nela que parecia verdade.

E o Cão para de falar. Fica alguns segundos em silêncio, revirando a comida no prato sem pôr na boca. Ele sempre faz isso, e o Crente nunca consegue fugir da armadilha.

Qual teoria, diz o Crente.

O Cão dá um suspiro, como se de um segundo para outro tivesse se cansado e já não lhe apetecesse prosseguir com a conversa. Está pensando que preferia fumar a comer, e gostaria de estar lá fora no fumódromo com o cigarro entre os dedos e a boca cheia de fumaça. O Crente se remexe na cadeira de plástico, impaciente. Batuca na mesa com os dedos.

Qual teoria.

Bem, o porqueiro não era lá de confiança, diz o Cão. Aprontava na cadeia. Não sei se dá pra acreditar no que ele dizia. Mas ele parecia acreditar naquilo, ah, se parecia.

E no que ele acreditava, pergunta o Crente.

Ele dizia que o patrão sofreu um ataque cardíaco. E que na verdade não alimentava os porcos desde a sexta-feira anterior, pois andava enchendo a caveira demais naquela época. Não passava de um bêbado. O patrão deve ter ouvido a chiadeira dos porcos com fome, foi ver o que acontecia, teve um infarte e caiu no chiqueiro. E os porcos comeram ele.

Os dois matutam, enquanto o Crente raspa o resto da comida e o Cão desiste de vez de almoçar, empurrando a bandeja para o lado.

Pode crer, diz o Crente. Porco come qualquer coisa. Até gente.

E carne de patrão tem muitos nutrientes, diz o Cão, apontando o queixo para um sujeito com traços indígenas na mesa em frente. Deve ter um gosto rico, como diz o paraguaio ali.

O Crente e o Cão desistiram dela faz tempo. Da carne. Primeiro, se enfastiaram das sobras, dos pedaços duros que os ricos não comem: vísceras, músculos, o rabo cozido, os bagos do boi. Não muito depois, o fastio evoluiu para o nojo. Lucy os acompanha no jejum.

Essa história me fez pensar, diz o Cão.

Olhando-o de soslaio, o Crente preferia que o outro não pensasse. A vida é mais simples de cabeça vazia, tem menos remorso. Desde que o amigo começou a pensar, muita coisa vinha acontecendo, a fome dos moradores do distrito do matadouro aumentou, graças ao sumiço do trabalho que obriga a multidão lá fora a vir até o matadouro em busca de osso, a pandemia, a morte da mulher dele e o adoecimento da filha. Como tudo aconteceu após o Cão começar a pensar, talvez a culpa fosse desses pensamentos. Seria melhor o vazio, a simplicidade, o nada. Apenas almoçar, quem sabe. Não remoer coisa alguma.

Existem maneiras de provar a inocência do porqueiro, diz o Cão. A primeira seria matar os porcos e examinar os buchos pra ver se aparecia alguma coroa dentária de metal, um anel, sei lá. Uma prova de que os porcos comeram o patrão.

O Crente permanece calado. Às vezes, quando fica quieto, os problemas desaparecem. Sua cabeça se esvazia, e o mundo some dentro dela. Hoje isso está difícil de acontecer. Ele pergunta ao Cão qual seria a segunda maneira. O Cão responde que seria a polícia meter a mão na fossa à procura de provas. Mesmo que as encontrassem, porém, não seria motivo suficiente para inocentar o porqueiro, pois ele podia ter matado o patrão e dado o cadáver para os porcos comerem. Por outro lado, se o porqueiro fosse o assassino, poderia ter sido cuidadoso e arrancado obturações, implantes, anéis, correntes, até alguma prótese da vítima. Seria o crime perfeito e ele nunca seria preso. No entanto, foi, pois a primeira possibilidade causaria prejuízo financeiro à família do patrão, e fazer rico perder dinheiro equivaleria a um crime inafiançável. Os porcos mortos seriam arrolados como provas, e sua carne não poderia ser vendida. O Cão tira o maço de cigarros do bolso do avental, bate o maço contra o dedo, tira um cigarro e o prende no canto do lábio, apagado. A segunda maneira também tem um problema, e é um problemão. O Crente pergunta que problema seria aquele. O Cão diz que seria obrigar a polícia a examinar a fossa. Era mais simples pensar numa terceira maneira, que seria ensinar os porcos a falar.

Entre rico perder dinheiro, a polícia meter a mão na merda, e condenar um inocente, diz o Cão, o que você acha mais provável. O porqueiro não tinha saída. Culpado ou inocente, já nasceu condenado.

Ahmed está ao lado deles. Ouve a conversa como se não a ouvisse. Não separa os fiapos de frango, que entretanto come sem satisfação alguma. Está quieto, como na maior parte do tempo, e os talheres em suas mãos parecem postiços, anômalos. Principalmente a faca de refeição, pequena demais, com a ponta arredondada. Na ponta do braço lhe falta a longa lâmina pontiaguda da degola, seu corpo se ressente dessa ausência. Parece um aleijado.

O burburinho no refeitório é alto, somado aos ruídos metálicos dos talheres. O Cão assovia para Ahmed, que olha para ele. O Crente faz um gesto de que tudo está acertado, o plano segue na conformidade. Ahmed olha para ambos e repete o gesto. Seu trejeito austero não deixa margem para desconfiança, ao contrário de antes, quando todos portavam máscara e ocultavam suas intenções. Eles mantêm os olhares cruzados por um tempo, e Ahmed atrai a atenção dos companheiros abatedores, que também assentem com os olhos, cerrando as pálpebras e baixando o olhar para a bandeja. Apenas Ahmed fala umas palavras em português, pois chegou há mais tempo que os outros. Feito isso, os abatedores voltam a mastigar sua comida sem gosto.

O Crente gostaria de perguntar a Ahmed se a carne halal saída desses barrancos e pântanos por acaso chega a Jerusalém Oriental, se a família dele comia carne lá em Sheikh Jarrah, quando estava viva. No entanto, Ahmed já perdeu o olhar, vagante ao longe, atento a algo que vê às costas do Cão, na altura do mezanino, Lucy os observa lá de cima. Em seguida põe outra vez a máscara, voltando a ficar indevassável. Ao mesmo tempo, os abatedores se erguem e se reúnem aos demais funcionários muçulmanos num alarido tão suave quanto secreto, às vezes olhando de relance para o Crente e para o Cão, com aparente descrença.

Todos se parecem tanto, na cor da pele e no nariz adunco, no lombo rachado de vicissitudes. Uns querem isso e aquilo, enquanto outros não querem nada. São todos semelhantes na pobreza e também por terem nascido condenados, ainda que alguns sejam inocentes.

E mesmo que os porcos aprendessem a falar, diz o Cão, provavelmente falariam numa língua que só os porcos entendem.

[...]

Meio-dia e vinte e seis

Ela pode enviar uma mensagem para o celular do Cão, que talvez esteja silencioso no bolso do avental. Não foi, porém, o que combinaram. Só falariam sobre o plano em pessoa. A noite maldormida, a bateria não carregada, pode ser isso. Ou o celular dele foi esquecido sob a cama no quarto dela. Quando os irmãos patrões se trancam na sua sala, Lucy sai da mesa, cruza o corredor à sombra dos seguranças e, em vez de entrar no banheiro como parecia que ia fazer, desce as escadas com pressa, olhando para trás a fim de verificar se não é seguida, até o mezanino que dá para o refeitório, onde procura o Crente e o Cão entre dezenas de funcionários abancados às mesas espalhadas pelo salão.

Não pode ficar tempo demais ali, no mezanino que permite enxergar todo o espaço do refeitório. Localiza o Cão parado de costas, sempre de costas para ela, inalcançável e incomunicável, de modo que nunca consegue entender o que vai pelos olhos dele: tem a bandeja nas mãos, e é servido pela auxiliar de cozinha no bufê. Logo se afasta dali e, sempre de costas para ela, senta-se ao lado do Crente a uma das mesas. Meu animal, vire para mim, meu animal. Vire para mim. Agora.

O Cão não obedece. Ainda assim, Lucy percebe o acerto tácito entre ele, o Crente e os muçulmanos do grupo de Ahmed, que se erguem após almoçarem e permanecem de lado numa roda à espera da sirene encerrando o horário de almoço. Pelos gestos, o Cão só falou suas tolices e não tocou na comida, o que é outra tolice. Lucy se preocupa, a segunda-feira será longa. O palestino a viu, talvez tenha notado que buscava o olhar do Cão, mas nada falou ao colega. Se gritasse pelo Crente ou pelo Cão, ela chamaria a atenção de todo o refeitório, das centenas de funcionários que ali se encontram, ignorantes dos entraves que impedem o bom funcionamento do mundo, das suas tramoias. Ela precisa voltar ao escritório da administração, de onde se ausentou para supostamente ir ao banheiro. Não terá tempo de comer o sanduíche que trouxe na bolsa, embora isso não importe: está com o apetite de uma ameba.

Ela acompanha o Crente e o Cão se erguerem da mesa, depois despejarem suas bandejas na lixeira e saírem em direção ao fumódromo. Faltam alguns minutos para a sirene disparar, convocando os funcionários de volta ao trabalho, e lhes resta margem para mais um cigarro.

Lucy não encontra as condições para descer e avisá-los de que os irmãos patrões contrataram jagunços como seus novos seguranças. Enquanto sobe de volta as escadas, envia uma mensagem ao Crente, mas sem esperança de que ele a receba a tempo. Talvez tenha deixado o celular junto com o saco plástico preto no vestiário. Ela se arrepende de enviar a mensagem, pois foge do combinado. Espera que o celular do Crente não vibre demais dentro do armário.

[...]

Meio-dia e cinquenta e cinco

Essas feridas, o Cão diz ao Crente. Nas suas mãos. Que aconteceu.

Alguns pingos de chuva batem no fumódromo do lado de fora do refeitório, apagando o palito de fósforo jogado no piso de cimento. A marca da queimadura no piso lembra a explosão de uma estrela. Após a morte da mulher, o Crente a vê em forma de estrela seja no cimento mal assentado daquele piso ou nas poças de óleo. O céu escurece mais, não deixando nesga de sol exceto pela luz refletida no areão branco e nas farpas do arame do cercado metálico. O Crente traga seu cigarro e ao soltar a fumaça, olha para o nó dos dedos, ainda com restos de sangue seco. Suas juntas latejam ao fechar e abrir as mãos. Estrelas mortas em todos os cantos, menos no céu.

É o troco, ele diz dando outra tragada e olhando para o cercado. Dívida paga, negócio encerrado. Aumentou o pessoal do lado de fora. Aposto que ninguém ali almoçou.

Na guarita, o velho vigia e seu filho idiota se esforçam para conter os miseráveis. Alguns, mais desesperados e pouco dispostos a esperar até o fim do expediente para ouvir o discurso de misericórdia dos patrões do matadouro antes da distribuição de ossos, forçam a entrada. O filho idiota do velho distribui porrada a esmo com o cassetete, os famintos da linha de frente da multidão recuam dois passos e voltam à carga. Como em toda véspera de Natal, essa movimentação se repete, às vezes culminando em algo mais sério.

Aqueles dois da frente trabalhavam aqui até o começo do ano, diz o Cão.

Conheço o bugre, diz o Crente, trabalhava com meu tio. É de antes. Do começo do frigorífico. Não vai mais conseguir reposição.

Aquele bugre era bom manejador, diz o Cão, sempre foi jeitoso com os bichos.

Se está dizendo, acredito. Você é o melhor. O Crente diz isso e fica olhando o bugre levar porrada do vigia, o velho não desiste de avançar. Geração valente, aquela. Sabe que a morte é sagrada. Tem respeito por ela.

Quem é que te devia alguma coisa, diz o Cão para o Crente, que fica em silêncio. Está lembrando de outra conversa que teve com o amigo anos atrás, antes de ir em cana.

O Cão tinha pedido demissão do matadouro e começado a traficar crack. Descobrira algo sobre si mesmo: que era usado pelos patrões. Sua piedade pelos animais fez dele o melhor manejador da região: o gado o seguia como ao flautista de Hamelin, ele que dizia isso, seguia-o até o despenhadeiro. O Crente não sabia bem quem era o tal flautista nem para que bandas ficava Hamelin, se perto de Amambai ou de Aquidauana, mas conseguia entender o que o Cão queria dizer. Os touros têm uma memória inabalável, não se esquecem de uma mágoa. São incontáveis os manejadores que maltratam o gado nos currais de engorda e depois não servem para os currais de matança, pois ao vê-los os animais recuam ou empacam no brete, a caminho do abate, precisando levar choques elétricos para saírem do lugar. O estresse da situação deixa o processo perigoso e endurece a carne, que acaba sendo descartada pelos fiscais muçulmanos. Se o manejador é violento no pasto ou no curral de engorda, não serve para o matadouro. Os manejadores de matança precisam ser suaves e silenciosos, como o Cão. O gado o acompanha cegamente para a morte.

Quando a piedade do Cão passou a ser usada para servir ao abate industrial de animais, quando ele adquiriu consciência de que seu carinho pelo gado só servia para esse apaziguamento de fundo econômico, que seu amor pelos bichos amaciava a carne deles, aumentando o valor do quilo, decidiu arranjar outro modo de sobrevivência: passou a vender a droga, primeiro aos funcionários do frigorífico, depois aos fodidos do distrito. Logo, com o suicídio de um cliente, um velho serrador de porco aposentado, descobriu que vender crack equivalia à mesma troca suja entre vida e morte, talvez apenas menos dolorosa. Também era boa porque apaziguava a fome. Um dia o Cão disse ao Crente que os bois estavam fadados a não conhecer a morte natural. Eram abatidos, até mesmo uma vaca leiteira que cumpriu seu ciclo reprodutivo, no meio da vida. Sabemos quantos anos um cachorro e um gato vivem, mas não um touro. Não quis atrair mais ninguém para a morte, e no final, ao ser preso por tráfico numa burrada, num vacilo que até parecia ter sido por querer, o Crente chegou a suspeitar que a prisão tinha sido um alívio para ele.

Ao ser solto quatro anos depois, o Cão já não parecia a mesma pessoa. Apenas uma parte dele saiu em liberdade ao cumprir a pena, a outra metade continuou presa na Penitenciária Estadual em Dourados. Ou antes, quem sabe, tenha sido enterrada na beira do rio. Talvez nunca tenha saído da estrebaria onde ele nasceu.

Acha mesmo que o patrão número um vai deixar o irmão dele distribuir os ossos, diz o Crente.

Ali nos fundos tem sempre uma renca de birolo esperando resto, mas nunca sobra nada, diz o Cão. Hoje estão na guarita da entrada. Depois que passaram a moer osso pra fazer adubo e ração pra cachorro, nem isso tem sobrado.

Um fateiro novato foi pego roubando uma peça de picanha, diz o Crente. Escondeu na mochila. Ele tem três filhos, o mais novo não tem seis meses.

A mulher desse fateiro também trabalhava aqui, diz o Cão. O chefe da seção a demitiu quando ficou sabendo que estava grávida do terceiro filho. Mas ela pariu e se inscreveu como temporária. Tem um boato que estão colocando chip de segurança na carne de primeira. Se for verdade, não apitou quando o fateiro saiu com a picanha. Foi o cachorro da saída de serviço que farejou na mochila dele.

Não é estranho o pessoal fatiar carne o dia inteiro e nunca comer carne, diz o Crente. É o mesmo que pilotar avião e não saber qual é a cor do céu.

Sempre dá pra chupar o sangue que suja os dedos, diz o Cão. Tem proteína.

Você sonha demais, diz o Crente.

Conta aqui pro seu amigo, insiste o Cão, como foi que esfolou os dedos das mãos.

Não foi nada. Algo que precisava fazer antes de ir embora.

O temporal desaba e uma brusca saraivada de granizo atinge o beiral do teto de zinco acima de onde estão, provocando um barulho que encobre as palavras do Crente. O Cão se aproxima para ouvir melhor o que ele murmura, enquanto observa o granizo derreter diante dos seus olhos febris, assentindo de tanto em tanto com movimentos do queixo. No final do relato, solta um riso mascado e rouco.

Deixou de ser Crente, diz o Cão. Agora é Apóstata.

O granizo faz marcas no chão deixando a areia parecida com uma pele esburacada pela varíola. O temporal engrossa. Cobrindo a cabeça com a gola da capa, o sangue de suas botas de borracha sujando a água das poças que se formam no cimento, o Crente e o Cão correm de volta ao curral de matança com os tímpanos feridos pela sirene encerrando o horário de almoço.

[...]

Quatro e três da madrugada

Nos sonhos do Crente sua mulher segue viva. Couro endurecido, crina selvagem. Dentes ao sol. Ela se aprofunda no corredor do hospital, gesticulando para que a siga, mas ele está colado à cadeira e impossibilitado de se erguer. Percebendo isso, sua mulher estaca e lhe sorri, um sorriso que clareia o escuro do corredor, clareia o sonho feito o sol. Mas o Crente sente a face insensível, congelada, e não consegue lhe sorrir de volta. Ele enlouquece por dentro, pois assim como não pode atender ao chamado da mulher nem lhe retribuir o sorriso, ela também se põe séria, e a luz que clareava o sonho se apaga. Sacudindo-se na cadeira como um condenado na eletrocussão, o Crente desperta com as mãos enluvadas do enfermeiro sacudindo seus ombros.

Ô, cochicha o enfermeiro. Chega de gritaria. Vai assustar tua filha.

O Crente limpa a baba do queixo. Percebe que não está preso à cadeira. Agora o motivo que tinha para levantar foi drasticamente reduzido à filha. A um terço de sua vida. A mulher continua morta, ele chafurda na culpa, remói o que lhe foi roubado. Quando veio o auge dos contágios, seguiu trabalhando. Era um dos que prestavam serviço essencial, não sabia para quem, se ninguém do seu convívio tinha um puto para comer carne de vaca. Certamente para os patrões era essencial que seu serviço continuasse rendendo lucro para os patrões. O que estava a seu alcance eram as galinhas de capoeira, de carne escassa e do pé duro, galinhas que acabaram logo. O que sobrou, alguns pés e pescoços, sua mulher dividia com a velha da tapera que faz muro com os fundos da casa. A carne do matadouro era toda exportada, não sobrava nem sebo. Ele madrugava a fim de tomar o coletivo para o matadouro e voltava no início da noite, quando ela preparava a janta, quase sempre com arroz e mandioca, um ovo quando tinha. Depois adormeciam, e faziam amor que o Crente, de tão cansado, ao despertar não sabia se tinha sido real ou em sonho. Resquícios do amor se mantinham na lembrança, porém, ela beijando o pescoço suado dele, seu peito, os dedos dela se embrenhando nos pelos grossos dele, e ele abrindo caminho nela sob o lençol, cavando sua trincheira noturna entre as dobras do corpo de sua mulher. No dia seguinte, antes de calçar as luvas para trabalhar, o cheiro dela persistia nos dedos e lhe dava alento. Agora fediam só a cigarro.

No matadouro, alguns magarefes adoeceram, dois ou três morreram, e talvez ele também tivesse adoecido sem saber, como muitos, e contaminado a mulher e a filha. Para o Crente, não passa de um homicídio culposo que cometeu, à sua revelia porém a mando dos patrões. Os mandantes das mortes eram número um e número dois, que não deram descanso enquanto a doença comia solta.

Ouve, além dos resmungos do enfermeiro, apenas os três respiradores à beira do sufocamento na UTI do hospital, um deles até poucos dias antes permitia que sua filha sobrevivesse. Impelida pelo vento, a porta de vidro da recepção bate de leve, produzindo um ruído que se alterna com o ritmo dos respiradores e com o ressonar das pessoas nas cadeiras, todas adormecidas, à espera de despertarem num outro lugar.

O Crente se ergue da cadeira, desgrudando a ponta do courvin do estofamento furado da parte de trás das calças, e se aproxima do vidro da janela entre o corredor e o ambulatório onde a filha continua desacordada, como desacordado também se encontra o médico, tendo apenas mudado de pouso — antes se estirava no chão do depósito de material de limpeza, agora está em cima da bancada da recepção —, com os braços dobrados numa posição esquisita como se nadasse de volta a Cuba, porém sem nenhuma pressa. Como se estivesse se afogando no meio do caminho.

Na poeira no vidro da janela, alguém, talvez o próprio Crente em outra noite, traçou um jogo de labirinto já meio apagado por mais poeira que se acumulou, encobrindo a saída. O Crente tem a morte diante dos olhos e entre os dedos cotidianamente, mas não a compreende. Perdeu a mulher para a morte, e quase perde a filha. O enfermeiro, conhecido dos cultos na igreja, de quando ele frequentava os cultos na companhia da mulher, antes de a doença se alastrar, aproxima-se, vindo da enfermaria ou de algum outro lugar onde as coisas continuam despertas e ainda se movem em direção à saída. Estende uma máscara cirúrgica ao Crente e sinaliza para que ele jogue a usada na lixeira química ao lado.

Saindo do seu torpor, o Crente agradece.

O enfermeiro diz que a filha dele está bem, que ele pode descansar em casa. Terá sequelas, ainda não sabem quais, a doença é desconhecida, além de traiçoeira. Mas se não fosse tão moça, apesar de nem sempre os mais moços sobreviverem, teria sido pior, ela não estaria mais aqui com a gente. Deixei de ir ao culto, diz o enfermeiro, acredito em Deus, só não acredito mais no pastor. Talvez tua mulher acreditasse, talvez as orações dela tenham salvado a filha por antecipação, a fé tem seu próprio tempo, às vezes se adianta, antecipando a dor, antecipando tudo.

O Crente rumina em silêncio essas palavras, depois quer saber por que o enfermeiro disse aquilo. Soube então que a mulher e a filha, a despeito do que se sabia sobre a doença e a necessidade de isolamento, das mortes crescentes na comunidade, continuaram a comparecer ao culto todas as tardes da semana, ignorando as más notícias do telejornal e o combinado entre eles. Assim, quando ele voltava do expediente no matadouro, ela tinha acabado de chegar da igreja.

O Crente se larga de golpe na cadeira do corredor, seu endereço nas últimas semanas, nem ao menos sentindo o espetar incômodo do rasgo no estofamento na perna. Ele bufa e crispa os dedos, apertando a cabeça entre as mãos. O enfermeiro tenta apoiá-lo pelos cotovelos. Sente sua pele cada vez mais fria, parece que vai desmaiar.

O que foi, diz o enfermeiro.

Não sabia que elas continuavam indo na igreja.

Jesus salva, o pastor costuma dizer para os fiéis, quem está com Jesus não morre dessa nem de nenhuma outra doença.

Minha mulher morreu.

Não foi culpa tua, diz o enfermeiro. Nem de Jesus.

[...]

Contudo, tivemos entre nós um que veio dos mares e nos encheu de vergonha. Era branco e altivo como um deus, o próprio deus que o enviou, talvez por emergir das águas nunca soube o seu lugar na terra. Não sabia do pasto nem do capim ou da manjedoura. Não fazia ideia do que era um curral.

Deveria ter sido sacrificado, essa era a condição imposta pelo deus que o enviou. Mas, por ser tão belo, o patrão que o recebeu viu por bem preservá-lo. Foi um erro enorme, apenas outro erro no oceano de equívocos a que chamam vida.

Ao ignorar a obrigação do sacrifício, o patrão conclamou a fúria dos astros, a vingança da natureza. Não matar. Contra naturam. Eles, na sua ascendência branca e frágil, da ductilidade própria do verme, têm de cumprir a tarefa para a qual foram designados. Essa é a lei a fornecer equilíbrio ao jogo do mundo. Estamos aqui para ser mortos. Eles estão aqui para nos matar. Essa é nossa beleza. Esse é nosso destino. Não importa se o fazem para nos comer, o fundamental é que o façam. Se não nos matam, matam outra coisa, matam a si próprios, matam-se entre si, matam tudo. Matam a vida.

No entanto, Alistério nos envergonhou. Alistério, era esse o nome dele. O um de nós branco vindo do mar. Diante de sua beleza, a patroa o amou, amou sua carne com fins distintos do da devoração. Do seu útero nasceu nossa suprema vergonha. Alistério, filho de Alistério. Nem nós nem eles. Em vez de morte, a gênese de algo asqueroso. Nem eles nem nós. Contra naturam. A lei foi rompida e

nunca mais o mundo seguiu igual. Partes nossas ficaram presas ao corpo deles. Partes deles ficaram presas em nosso corpo. Ambos os enxertos se originaram naquilo que de pior havia em nós, no que de pior persistia neles. O monstro.
Nisso estamos.
Talvez exista algum ajuste possível no mecanismo a orientar nosso caminho paralelo na Terra, o nosso e o deles, para que, assim como o Sol e a Terra na sua dança permanente através dos tempos, no seu eterno girar espacial, possamos livrá-los da sua tristeza, assim restabelecendo a coerência, impedindo que nos lancem industrialmente ao despenhadeiro dia após dia, aos milhares.
Aos milhões.
Alistério foi criado pela patroa como um deles, não como um de nós. Ao contrário de nós, ao crescer, herdou a fome deles. Contra naturam. A Alistério, lhe faltou a imensidão do pasto, o vagar em círculos sobre quatro patas. Devorou a carne e o aprisionaram. Arrependido, o patrão contratou um homem para construir uma prisão para Alistério. O homem construiu um curral. Eles o chamaram de labirinto, mas para nós sempre foi um curral. Por causa de sua transgressão, riscaram a terra com cercas e portões, com grades e arames farpados, com muros e palavras escritas em papéis.
Dessas palavras erigiram cercas invisíveis, mentais e onipresentes. Essas palavras querem dizer que as cercas não podem ser vistas mas estão em todos os lados. Abdicam desta vida, pois creem que outra vida os espera, nas estrelas. Quando veem um deus, não enxergam mais nada.
Alistério foi o primeiro e, a partir dele, outros vieram. Meninos cujo nascedouro é o nosso matadouro. Um dia, um menino surge entre os cochos, mama nas vacas, então fica sobre as duas patas traseiras e muge numa língua incompreensível. Em pouco tempo ossos brotam de sua testa, é uma árvore que dá chifres em vez de galhos. Como nós. Acabam mortos antes de nos devorarem, pisoteados pela manada. Às vezes sobrevivem, ocultos sob nossos

corpanzis, e adormecem enquanto ouvem nossa canção de ninar: cada vez que desenha um curral, viu, o boi fugiu, seu curral está sempre vazio, a fome é o mal. Se não morrem, passam a nos ouvir, e ainda que sejam adotados e seus chifres caiam — como folhas no outono —, continuam a nos ouvir por toda a vida.

Perdemos a liberdade do pasto, as partes deles permaneceram em nós, as nossas partes neles, eles acabaram trancafiados no matadouro. Comida não nos falta. Falta a eles. Um paradoxo. Estão presos com a comida que não podem comer.

Nisso estamos.

E por que então eles nos atraem, por que matam com tanta vantagem sobre nós. Não estamos armados. Eles não estão do outro lado da cerca. Sim, estão. Nossos amigos, se estivessem do lado de cá, nós seríamos os assassinos, e seria injusto matá-los assim. Mas visto que eles estão do outro lado, somos uns bravos e isso é injusto. Era preferível que não tivesse ninguém do lado de lá nem do lado de cá. Que a cerca não existisse.

No entanto, o patrão é dono da terra e também de nós que pisamos na terra e deles que estão presos à terra. O pasto virou campo de batalha. Não rir, não lamentar, nem amaldiçoar, mas compreender. Fomos atados a eles, eles a nós. O deus não está mais presente na carnificina, nem na grande festa do sacrifício. Estamos sozinhos, eles também. Não existe justiça no mundo.

Minotauros não pastam em nenhum lugar. Minotauros são carnívoros.

Nisso estamos.

[...]

Uma da tarde

O curral tem a forma de um caracol, a fileira de bois entra por ele e caminha em espiral na direção do brete que vai estreitando e estreitando, até a morte.

Dédalo criou o matadouro, diz o Cão, uma mulher autista o aperfeiçoou em forma de labirinto. Temple Grandin. O Crente já o ouviu dizer isso, mesmo assim concorda como se fosse algo novo. Faz cara de espanto de quem escuta aquilo pela primeira vez, conhece Dédalo e a mulher autista, mas preferia ignorá-los, pois falta assunto ao Cão que, ao perceber o deboche, o empurra de leve pelo ombro, e o Crente, olhando para os bois que seguem o líder através do curral em curva, evoluindo em direção ao brete, pergunta se às vezes ele não se sente observado.

Certeza que nos julgam em silêncio, diz o Cão apontando a boiada. Aposto que vão acabar concluindo que somos os culpados.

O Crente engole um riso meio preso, e diz que o Cão é o único quadrúpede no matadouro inteiro.

Quadrúpedes ou não, os animais sabem que não existe justiça neste mundo, diz o Cão, e ao contrário de você não julgam nada. Apenas vivem como podem, caminhando em círculos no curral em curva, assim como caminhariam se estivessem livres no campo. Eles sabem disso, nós não sabemos é de porra nenhuma. Já reparou que estamos acompanhando eles aqui por esse corredor. Também andamos em círculos. Como eles, que nos acompanham, nós os acompanhamos. E terminamos no mesmo lugar.

Eu acho que eles estão de olho no que fazemos, diz o Crente. Querem entender.

Não tem nada pra entender, diz o Cão. Ele para de caminhar um momento, faz uma careta de idiota e diz, não há olhos, nem ouvidos, nem nariz, nem língua, nem corpo, nem mente. Não há cor, nem som, ele prossegue, nem cheiro, nem sabor, nem tato, nem objeto da mente. Não há nada desde o mundo da visão até o mundo da consciência, diz o Cão. Não há ignorância, nem extinção da ignorância, nem velhice, nem morte. Também não há extinção da velhice nem da morte, diz. Não há sofrimento nem causa do sofrimento, nem extinção do sofrimento. Não há sabedoria nem nada pra ser obtido, diz o Cão, agradecendo ao gado que avança para o brete. É um ator no final de uma comédia diante da plateia constrangida.

Deviam ter te deixado preso, diz o Crente. Isso sim. Não sei quem foi o insano que te soltou da cadeia.

Ensinar português pros bois é o verdadeiro ensinamento, diz o Cão. Porque, como se sabe, os bois falam grego.

Quando chegam na altura da caixa de atordoamento, os muçulmanos já estão a postos. O Cão acena com sua bandeira de manejar, como se propusesse um armistício. Ahmed faz um gesto de mas esse é doido ou o quê. Ninguém lhe dá atenção, e o Cão retrocede à curva do brete, pesaroso, pois os animais evoluem sem problemas em direção ao fim, graças à sua companhia. Cumpre o papel de isca nessa pantomima: sua mera presença a seu lado os acalma, quase sorriem, mugindo baixo. Ele apoia o cotovelo na cerca com ar de desconsolo, enquanto imagina fumar mais um cigarro, e observa os muçulmanos dando início ao trabalho. Passa a mão na anca do líder da manada, que, obediente ao estímulo dado pelo tapinha, se afunila no brete, culminando na caixa de atordoamento: o guincho o ergue do chão pelas patas, a carretilha o arrasta até a bancada e a última coisa que o touro vê é o brilho metálico da faca que pensa ser o reluzir nos telhados de prata das mesquitas de Meca, uma lágrima do orvalho noturno brilhando na lâmina de capim à luz da manhã. Uma vez o Cão explicou a Ahmed o que quer dizer brete: ardil, armadilha. Traição.

Ahmed falha no corte da traqueia do animal, que sai pedalando pelos ares, ainda vivo, jorrando sangue para todos os lados, ensanguentando os aventais e as toucas dos demais trabalhadores do curral de matança. O supervisor muçulmano dá um grito de alerta para Ahmed. O Cão olha para o Crente, em dúvida. Estão nervosos, é a última segunda-feira útil do ano, talvez o último de todos os dias. Não é um dia comum, por que deveriam se comportar como se fosse uma segunda-feira qualquer, isso é o que o olhar do Crente parece dizer. Ahmed mantém a cabeça baixa, e olha o sangue escorrendo pela longa lâmina da faca, respingando nas botas cuja borracha não apresenta mais nem um só centímetro de brancura.

O supervisor se aproxima e resmunga algo no ouvido de Ahmed, que acena com o queixo em concordância. Seu erro não impede que o boi seguinte na fileira entre pelo brete, manejado pelo Cão, e agora Ahmed não falha, a carretilha ergue o animal que se debate por algum tempo graças ao ímpeto do içamento e da gravidade, nada mais, logo não lhe resta um só sopro do espírito em toda a carcaça esvaziada da pele, da carne, dos chifres, dos ossos. De tudo.

Aproveitando-se dos segundos entre o animal recém-abatido e o seguinte se encaixar na caixa de atordoamento, o Cão se aproxima do Crente na sua cadeira e o cutuca na perna. O Crente apenas sinaliza para ele ter calma.

O Cão sabe que foi uma mulher autista dos cafundós dos Estados Unidos que concebeu o curral em forma de caracol, o matadouro em forma de labirinto. Como ele, essa mulher foi criada numa fazenda de gado, só que ele nunca chegou a observar que os animais caminhavam em círculo no pasto como ela percebeu. Foi uma de suas leituras na prisão, o livro de Temple Grandin. Tudo o que a assustava, como algo que a tirasse da rotina, ou que a tocasse sem aviso, ela identificou igual no comportamento dos animais. Os bois seguem o líder da manada e se sentem tranquilos, circulando no curral em forma de caracol, aprofundando-se no labirinto sem perceber que o cercado se estreita cada vez mais, tá tudo tranquilo, o chefe tá seguindo em frente, tudo certo, o caminho é esse mesmo, o chefe tá por dentro das paradas, até só caber o chefe no curral, até chegar o brete — o ardil —, a caixa de atordoamento, a corrente nas patas traseiras, o gancho, a carretilha e a faca de Ahmed. Para a boiada existe apenas o caminho curvo, o caracol a ser perseguido e pisoteado sobre a terra. A cerca metálica, aquele bípede simpático que lhes acena uma bandeira branca em sinal de paz, não passam de abstração. Com a autista, com Temple Grandin, ocorria o mesmo, desde a infância no rancho dos avós. Mas ela percebeu a realidade: vamos todos morrer. A única coisa ao nosso alcance é ter uma existência digna, e uma morte respeitosa, sem sofrimento. Mesmo que para isso ocorrer sejamos traídos pela realidade, ou por aquilo que pensamos ser a realidade. O ardil. A traição.

O curral, assim como o labirinto, só tem uma saída. Igual à porra dessa vida.

Ahmed é palestino. Entende de cercas, de caminhos curvos e demarcados. Mas hoje está nervoso. O touro entra na caixa de atordoamento. O elevador o empurra para cima, deixando suas patas traseiras à altura da corrente que o içará. Ahmed tem os olhos fechados na última frase da oração a Alá, e não vê que a pata direita traseira do touro escapa ao mecanismo da corrente. Içado apenas por uma pata, ele gira suspenso na carretilha, escoiceando com fúria, e atinge no ombro o supervisor muçulmano, que é arremessado e desmaia ao ser atingido pelo coice. Devido às torções violentas e aos mugidos, Ahmed não consegue secionar em cheio a jugular do animal, que pedala e dá coices para os lados, girando sobre o próprio eixo.

    O Crente salta de sua cadeira de fiscalização e abaixa a manivela da carretilha, que breca com violência. A corrente libera o touro da altura em que se encontra, e ele despenca no piso do curral de matança, afundando o revestimento metálico. Sem conseguir se erguer sobre as patas por causa do sangue esparramado pelo piso, o touro urra, enquanto seus cascos resvalam sem controle contra a chapa de aço inox molhada. Quando os funcionários muçulmanos se afastam, o Cão se aproxima silencioso, retira a faca da mão trêmula de Ahmed e se agacha perigosamente ao alcance dos chifres do touro que cabeceia, abraçando seu pescoço e cochichando algo em sua orelha que ninguém ali ouve, exceto o animal, que se acalma na mesma hora, deitando a cabeça no piso. Algo terno e respeitoso. Nessa hora o Cão passa a faca de maneira quase imperceptível na sua garganta. Por um segundo, o olho negro reluz em desassossego e então se apaga.

[...]

Uma e cinco da tarde

Saem da sala. O estômago de Lucy solta um ronco baixo e, entre o abrir da gaveta e o remexer de papéis, ela se vira na cadeira para observar os irmãos patrões discutindo enquanto caminham até a cafeteira, algo tocante à dispensa dos trabalhadores temporários mas também ao subsídio recebido de associações governamentais islâmicas, é fundamental que o frigorífico deixe de usar quaisquer ilícitos como empregados na linha de produção, diz o irmão patrão número dois, para a manutenção do certificado halal, recebendo um grunhido de número um, ganham demais, esses turcos recebem em dólar. Número dois sorve o cafezinho que Lucy acabou de pedir na cozinha, e dá um sorriso para ela, passando o dorso da mão nos lábios e erguendo o copinho plástico em saudação. Lucy devolve o aceno e volta a olhar mais abaixo, para a gaveta aberta que não contém nada além de papéis e clipes, um botão caído de uma blusa no ano anterior e alguns fios louros do cabelo da secretária que ocupou o posto antes dela. Gavetas, segredos compartimentados, a chave perdida de um esconderijo, lixo e esquecimento. Com a cabeça abaixada, ela remexe o fundo das gavetas, o que equivale a remexer na má consciência da firma, só pagamos setenta por cento do salário deles, diz o irmão patrão número dois, o resto é subsídio, ao que número um, negaceando com a cabeça enquanto espreme o botão da cafeteira, diz: ia sair mais barato se o pessoal do distrito se convertesse, posso arranjar isso, e número dois solta uma gargalhada, enlouqueceu, ele diz, tem evangélico demais no setor de abate, tem até um que chamam de Crente. A gente construía uma mesquita, insiste número um, e pronto.

O celular de Lucy vibra dentro da bolsa pendurada no encosto da cadeira, é a colega do aeroporto informando que o voo segue no horário. Agora os irmãos patrões tratam dos novos seguranças. Número dois pergunta onde o irmão os arranjou, se são confiáveis. Número um responde que lhe foram recomendados pelo maior produtor de soja da região, ao que número dois diz: o lavador de dinheiro. Não é possível, enlouqueceu. Número um fica em silêncio, aparentemente refazendo contas de cabeça, considerando pontos a favor e contrários, enumerando zeros e uns, aventando alguma desculpa, e acaba por dizer algo que soa a verdade, pois emite uma baixa nota trêmula que sobressai entre as palavras, eu devia esse contrato a ele, você sabe, a gente frequenta a mesma mesa de pôquer, ele e eu. Eu devo a ele.

Deve o cu. Só se for.

Dinheiro. Algum dinheiro.

O esporro de número dois termina por implodir num murmúrio de desalento. De pé diante do armário de arquivos, Lucy organiza as pastas enquanto verifica pela janela como lá embaixo no térreo, em frente ao portão da guarita, a multidão de miseráveis não se desmantela com a tempestade. A noite se adiantou no céu e ocupou o coração do dia. O filho idiota do velho vigia, observado pelo pai, começa o rebuliço na guarita e, a cem metros de onde ambos se encontram, um mais impaciente alcança uma brecha do cercado. É um bugre velho que trabalhou anos no abate como manejador e se encontra tão magro a ponto de trespassá-la. Do interior do cercado surge um segurança com seu cão negro na coleira, um cão de guarda desconhecido, bem diferente dos velhos cães do matadouro, amaciados pela rotina e pela falta do que mordiscar. Esse deve ter sido trazido pelos novos seguranças. O segurança, igualmente desconhecido, atiça o cão de guarda, apontando para o bugre que agora mete os pés através da grade no terreno da empresa, é valente o velho bugre, ele enfia sua cabeçona pela brecha bem na hora que o cão de guarda é solto da coleira, saindo em disparada pelas poças que começam a cobrir o areão, uma chispa negra vista de cima por Lucy atravessando o terreno calcário prestes a escurecer com a chuva do deserto ao redor do matadouro, em direção ao invasor que cambaleia, sem saber direito o que fazer, para onde fugir, ele que apenas desejava conseguir algum osso para roer, de repente se vendo na condição de osso prestes a ser roído. O cão de guarda o abocanha no braço e o bugre velho cai, debatendo-se no chão, espirrando sangue e lama.

Uma nova mensagem da colega do aeroporto acende no celular de Lucy. Atualização: vão fazer escala em Campo Grande, o voo deve atrasar pelo menos uma hora por causa da tempestade. Lucy comunica a informação aos irmãos patrões, que se entreolham. Número dois diz, seria bom se não pudessem aterrissar por causa da chuva e essa vistoria fosse suspensa. Número um solta um palavrão, não fala merda, ele diz, não vamos suspender porra nenhuma. Número dois, em contrapartida, se aproxima da janela e estuda a cortina de chuva cada vez mais preta arrastada pela ventania. Antes as árvores continham o vento, mas agora não existem mais árvores. Vistoria precipitada, diz. Não estamos aptos pra esse tipo de abate, você sabe disso. Precipitado é distribuir osso grátis pra vagabundo, diz o irmão patrão número um, quando podemos produzir ração de cachorro com esse osso. A mãe sempre dizia que coração é músculo duro, você nasceu aleijado. E que ideia foi essa sua de marcar vistoria de adido comercial na última segunda-feira útil do ano, diz o irmão patrão número dois, bem na véspera do Natal, ainda por cima sem estarmos prontos, e com a turcada em dia de expediente e ainda por cima esses jagunços de segurança. Mas os visitantes não celebram o Natal, diz o irmão patrão número um. Ou celebram.

[...]

Noventa e sete anos antes

Em 1924, com mais ou menos a idade do bisneto agora, o bisavô do Crente se vê obrigado a acorrentar a porta do açougue que toca à beira do rio São Lourenço e a se embrenhar no mato a fim de salvar o último touro que lhe resta, pois sua pequena criação de gado e porcos foi saqueada pelos vizinhos.

É a revolução, os mantimentos não chegam por terem sido desviados para alimentar tropas federais a caminho de São Paulo. Farta de comer tatu, a bugrada do distrito decide se apropriar da carne de pequenos criadores, já que os grandes se protegem detrás dos jagunços. À força do facão, ele os impede de afanarem seu único touro, remanescente da trinca de animais que o ajudou na construção do sobrado com curral e pocilga nos fundos onde vive sozinho, pois ainda não conhece a mulher que lhe dará a prole. Dela, um terá dois filhos: o pai do Crente, irresponsável que logo após embuchar uma desgraçada sumirá no mundo; o outro, o tio do Crente, vai fazer do açougue um negócio próspero até sua morte, ademais de criar o sobrinho como um pai.

Ao ter conhecimento de que a coluna rebelde liderada pelo homem conhecido como Cavaleiro Sem Esperança, estranha alcunha para um revolucionário, ele deve ter ouvido mal, em alguns dias acamparia às margens do rio, apressa-se em preparar a partida, levando seu velho companheiro de lida, o macho que além de ter rebocado o carro de boi no serviço pesado, montou as vacas que multiplicaram o rebanho em pouco tempo.

Deve ao touro tudo o que tinha até antes do saque feito pelos vizinhos, todos antigos conhecidos, fregueses da região que ainda por cima lhe devem fiado. Com pouco conhecimento do terreno — era açougueiro, não tropeiro — ou das dificuldades de vagar em meio ao vazio do nada na companhia de um velho boi, seu amigo mais antigo, decide tentar mesmo assim.

Ele lembra como encontrou o amigo, quando ainda era um bezerro: numa passagem do São Lourenço sua alvura se destacava contra a água barrenta, deixado para trás como boi de piranha. Podia ter sido devorado para que algum boiadeiro atravessasse incólume o resto da manada, mas ali se encontrava, inteiro, branco e trêmulo, saído das águas.

Pouco antes de partir, ao passar a corrente na tranca do açougue, um bugrinho que mendiga por ali vem lhe avisar que se apresse, a tropa rebelde já entra pelas afora do vilarejo, e o Cavaleiro Sem Esperança parece tão aterrorizante quanto diziam as histórias que o antecederam, com seu chapelão de palha no alto do cavalo baio e o cinturão carregado de balas cruzado no peito. O bisavô do Crente arrasta o touro pelas rédeas na margem oposta do São Lourenço, e por algum tempo não se ouve falar dele.

Os primeiros dias na selva acabam por ser um descanso que ele nunca desejou. O bisavô levou dois alforjes de conservas, charque e farinha mantidos a salvo dos saqueadores com muito custo, e após se enfiar no mato até ganhar distância daqueles ladrões de gado com fumos de políticos, de guerrilheiros, acampa à beira de um córrego. Conta se manter ali por dez dias, pois os rebeldes não passariam tanto tempo no distrito, a revolução não pode estagnar e a tropa necessita seguir rumo a Goiás. Estava decidido a não sacrificar seu touro por nenhuma causa.

As primeiras noites são tranquilas, apesar dos insetos. Por ali aparecem mutucas do tamanho de um polegar, e logo ele decide se afastar da água corrente que as atrai. É um homem que não se sente confortável na natureza, ademais de ser sedentário; sua isolada experiência como tropeiro foi a jornada até a região, arquidolorosa, vindo dos cafundós que preferiu esquecer. Criar e carnear, eram esses seus negócios, e não se perder por caminhos desolados. Preferia não sair, daí talvez a causa de continuar solteiro. Enquanto come sua farinha, o touro se esbalda com o colonhão e os arbustos, mordiscando as folhas das castanheiras de sobrepasto.

Na metade dos dias que previu ficar escondido na selva, descobre-se sentado em formigueiros e, enquanto resta luz, caminha até certo ponto em que fica desnecessário segurar as rédeas do seu amigo. Às vezes ambos permanecem estáticos, ele olhando para o alto, o halo leitoso da lua, as estrelas em sua incontável fixidez, redivivas no céu como deve ser, e o touro cabisbaixo, no máximo espichando ligeiramente o pescoço a fim de alcançar algum talo para ruminar.

De manhã até de tarde, amenizando um pouco de noite graças ao sereno, ele sente apenas o fedor das coisas em estado de putrefação, o calor que aquece o mundo, a matéria orgânica de tudo o que viveu e morreu por aqueles caminhos em disputa pelos bicos dos urubus, inchando e apodrecendo, os restos secando e evaporando ao sol, desfazendo-se entre vermes e o nada.

Na manhã do sétimo dia, ao tocar as migalhas no fundo do alforje, descobre com temor seu erro de cálculo: sua comida tinha acabado. Nessa mesma noite de luar baço e nevoento, ao observar com inveja seu velho companheiro se empanturrando de pasto, nota que ele cresceu, agora é um impávido e belo touro branco. Parece rejuvenescido. Outro. Ancestral.

Nos dias restantes, enfraquece mais, sendo obrigado a escalar o flanco de seu amigo, a quem prometera nunca mais usar como besta de carga. Que fazer, não consegue se equilibrar sobre as próprias pernas, e nada encontra na selva que possa comer, nem pássaros, nem preás, nada mastigável além de carrapicho e capim, do onipresente mato ruminado por seu touro branco, só carrapicho e capim e nada mais o que comer.

Pensa que para não morrer de fome, teria de matá-lo. Numa noite, porém, admira o refulgir das estrelas em rajadas no seu couro da mesma alvura de uma salina ao sol, recortado contra o azul-celeste acima dos seus chifres que, ao se moverem, rabiscam o ar noturno. A natureza o alimentava, mimava seu amigo com suas guloseimas. O bisavô do Crente vaga de barranco em barranco então, no dorso do animal, acariciando o cabo da faca e pensando que ali de cima o degolaria facilmente, ao seu companheiro, e que ele o alimentaria de bom grado, caso pedisse, até adormecer. Mas não existe nenhum predador naquelas selvas.

Desperta talvez no décimo segundo dia, caído à porta do açougue, sob o olhar dos vizinhos. Mal tem forças para manter as pálpebras erguidas. É um homem velho, embora não chegue ainda a ser pai ou avô, nem bisavô.

Levanta da poeira à procura da lembrança de como alcançou chegar ali. Com os meninos lhe fazendo festa, seguindo a seu redor à medida que arrasta os calcanhares pelo areão aos cambaleios, caminha a esmo no encalço do seu touro. O bugrinho o puxa pela mão e aponta o rumo. Saem da trilha de terra batida, caindo pelas ravinas até culminarem num baixio fétido. Ele sente o fedor no ar e depara com as nódoas de sangue esparramadas pelas folhas dos arbustos, que do verde passam ao rubro. O bugrinho larga dele, entra no mato e sai de lá com a cabeça sanguinolenta do seu velho amigo erguida acima do pescoço, na altura da própria cabeça e lhe tapando a cara.

Zonzo de fome, o bisavô do Crente pensa ver um menino com cabeça de touro, só então reconhece o velho amigo e o segura pelos chifres, e abraçado à cabeça decepada do touro chora a sua morte.

[...]

Uma e oito da tarde

Ahmed prende o cigarro na boca, sua mão ainda treme quando o Crente se aproxima vindo do interior do prédio. O supervisor muçulmano ordenou a pausa de dez minutos. Trabalho repetitivo, existem normas para assegurar que não ocorra desperdício do produto. Da carne. A chuva deixa peças nas quais a água ainda não se mistura à terra, pequenas lentes de aumento espalhadas pelo terreiro entre as dependências do matadouro e o cercado onde se amontoam miseráveis à espera de ossos. Através das ampliações no chão se vê a consistência dura daquele solo. Vendo o acabrunhamento de Ahmed, o Crente para ao seu lado e, sem conseguir encontrar seu isqueiro no bolso, pede a brasa emprestada e também acende um cigarro.

Do lado de fora do cercado um bugre velho consegue enfiar a cabeça numa brecha da malha de arames para entrar, é o antigo manejador que trabalhou uns vinte anos no matadouro, o que foi demitido por injusta causa, como o Cão costuma dizer. Tem outros demitidos assim entre os famintos. É mais um que veio atraído pelas promessas desse dia. Observando a cena, o Crente pergunta ao palestino como é viver no estrangeiro.

Nunca saí daqui, diz o Crente olhando para o cercado, e é como se dissesse que nunca saiu do matadouro.

Ahmed arremessa o cigarro ainda pela metade, fazendo do indicador e do polegar uma catapulta, acertando a água cristalina de uma poça. Emprega tanto vigor no gesto que este chega a parecer uma resposta. No ar a brasa se reaviva e logo morre no chão duro.

Igual em todo canto, diz Ahmed. Igual a vocês aqui. É o único lugar que existe, o estrangeiro. E costuma estar cercado de grades.

O Crente assente enquanto traga.

Nunca conheci minha casa verdadeira, diz Ahmed, sempre estive preso fora dela.

Mais tarde, quando chegar a hora, a gente vai poder contar com você, pergunta o Crente.

Alá é o maior, responde Ahmed.

O Crente pensa que preferia uma resposta mais direta, sem atravessadores. Que Alá ficasse na dele, ao menos na resposta que gostaria de ouvir. O bugre velho consegue trespassar o cercado de corpo inteiro, correndo meio capenga no meio da chuva que só faz aumentar, e estaca a meio caminho da entrada do prédio sob cujo beiral Ahmed e o Crente se abrigam, como se agora que chegou ali já não soubesse para onde ir. Tem o olhar dos que passam fome há tanto tempo que já não recordam a forma de um prato, se redondo, triangular ou quadrado.

Da guarita surge um segurança contendo custosamente um cão negro pela coleira, e o Crente se pergunta quem são aqueles desconhecidos, segurança e cão de guarda, e onde estariam os seguranças de sempre, o velho vigia e seu filho idiota que servia de motorista aos irmãos patrões.

O segurança, que tem um fuzil atravessado nas costas, aponta ao cão de guarda o velho bugre estático no meio do pátio, com sua cara de faminto e olhos vermelhos, e solta a guia de contenção da coleira. O cão dispara, negro e indevassável como uma sombra projetada pelo sol das treze e dez, mal se ouvindo o triscar de suas patas no cascalho.

Em segundos alcança o braço direito do bugre, derrubando por terra o invasor, que cai se debatendo. Sob a água que sobe das poças de lama começando a se formar, os pés do bugre calcam o chão com força, cavando buracos, até se aquietarem. Uma carcomida sandália de borracha se solta do pé do homem caído e jaz emborcada até o segurança intervir, contendo o cão de guarda pela coleira. Para arranjar alguma diversão após ter sua festa interrompida, o cão se atraca à sandália.

Este lugar também tem dono, diz Ahmed. Não é de vocês.

Ao bater as cinzas do cigarro, o Crente vê os dedos esfolados das próprias mãos como se os visse pela primeira vez, depois olha para o horizonte além do cercado, a margem desértica que rodeia o matadouro fazendo fronteira com a plantação de soja a perder de vista, sem uma árvore ou vegetação nativa nela, nem um mero arbusto numa região antes povoada pelo cerrado de ipês e castanheiras, e não reconhece a paisagem do lugar onde nasceu.

[...]

Uma e trinta e nove da tarde

Debruçada sobre a mesa do escritório, Lucy repassa os valores devidos aos trabalhadores temporários, cujo pagamento foi adiado para o primeiro dia útil do ano que entra. Meu animal nunca vai ver a cor dessa merreca, pensa. Enquanto tica com a caneta nomes e cifras na planilha — deve ser a terceira ou quarta vez que faz isso, e os valores nunca aumentam —, ela observa os gestos irritadiços dos irmãos patrões através do vidro que separa a sala da diretoria do restante da administração. Agora é o patrão número dois quem gesticula com nervosismo, ao desenrolar e arremessar sobre a mesa plotagens com a planta do matadouro que farfalham, depois rabiscando nelas algo com força. De onde Lucy está, parece gravar com a caneta seu nome no tampo de madeira. Corrige falhas nos croquis, como se as corrigindo ali corrigisse a planta real. Às vezes um urro baixo ou um grave ganido de protesto vazam pela fresta da porta ou escapam da proteção do vidro pelo basculante, de modo que assim termina por intuir o que ambos discutem, a reforma que deveria ter sido realizada previamente à visita comercial agendada para esta segunda-feira. Lucy aproxima a cara do ventilador que se move em cima da escrivaninha, uma gota de suor lhe escorre pela têmpora, desliza rápida pelo pescoço e desaparece na prega entre os seios. Apesar de ainda girarem, a força das pás do ventilador é insuficiente para arrancar as teias de aranha formadas na grade. Por um tempo ela só ouve as pás do ventilador tossindo, o motor morrendo na sua derrota cotidiana contra o calor. Menos um problema, não vai mais precisar substituir essa velharia. O irmão patrão número um abre a porta com ímpeto e uma lufada do ar-condicionado o acompanha, quando passa ao lado de Lucy a caminho do bebedouro; em seu rastro vem número dois, e uma nova amostra do ar da sala da diretoria recai sobre a nuca de Lucy, fresca, aliviando-lhe o calor. Quero meu animal, ela pensa. Com a grana extra, também vai querer um aparelho de ar condicionado.

Além de tudo, a turcada não devia estar trabalhando hoje, diz o irmão patrão número dois, bebendo o copo d'água, qual era a teoria da mãe sobre os miolos, ela não tinha uma, são duros como o coração, não é isso. Quanta estupidez. Não vê jornal, não. Lá na sua jogatina não tem televisão, não.

Número um coça a cabeça aparentemente consultando a consistência dos miolos para dar uma resposta, lembra que a mãe falava em coração mas não em miolos, revira as pálpebras e decide seguir calado. Pressiona a garrafa térmica e nota que o café já está frio; ele olha para Lucy, que no mesmo instante faz um aceno girando os indicadores em sinal de que vai mandar vir uma nova garrafa térmica da cozinha.

Mas o que vai dar merda é a caixa de atordoamento para o abate. Não é a usada para abate humanitário que o adido comercial espera, diz número dois. Viagem perdida, a deles, é o que vão achar. E não estão vindo da outra esquina, caralho, eles vêm da puta que pariu.

Parado diante da janela que dá para a guarita da estrada, o irmão número um sorve do copinho plástico o café que acaba de tirar da garrafa térmica trazida pela copeira. Observa algo fora do alcance de Lucy, ocupada com as planilhas na escrivaninha, e de número dois, que agora remexe gavetas dos armários de arquivos à procura do contrato de fornecimento de carne halal firmado com a Associação Comercial Islâmica. O silêncio da sala da administração é poluído apenas pela sofreguidão do ventilador de Lucy, pela vibração das lâmpadas fluorescentes da sala e do corredor além da vidraça, onde o chefe de segurança negro e seus cupinchas estão imóveis de braços cruzados para trás, às vezes também pelo abrir e fechar das gavetas do armário de arquivos.

Sob aqueles ruídos do escritório existe, porém, um barulho grave e repetitivo quase imperceptível, um estrondo regular e contínuo que Lucy demorou a compreender o que era ou de onde vinha, quando passou a trabalhar naquela sala, dois anos antes, depois de ser promovida a secretária, e cuja origem identificou por acaso um dia ao passar pelo setor de reciclagem de restos e ver a recém-adquirida trituradora de ossos em ação, apoiada na laje de concreto vibrando com seu movimento perene e imperturbável, ao ser alimentada pelos funcionários com uma caçamba inteira de chifres de boi, moendo ossos sem cessar.

Afastando-se da janela, o irmão patrão número um arremessa o copinho plástico no cesto de lixo ao lado da garrafa térmica. O copinho bate na extremidade da cesta, dá um giro em volta de todo o diâmetro da beira e cai para fora, sujando o chão com a sobra do café. Número dois olha para o irmão à espera de que recolha o copo, mas ele apenas levanta o dedo e diz que teve uma ideia, e que pretende tratar do assunto na visita do adido comercial naquela mesma tarde. Minha preocupação está focada na viabilização dos contrários, na logística da operação, diz número um. Criaremos prédios à parte, completamente independentes. Número dois pressente o jorro verbal de expressões aprendidas num recente curso de administração que o irmão fez em Campo Grande, na verdade outra desculpa para moer dinheiro com jogatina e puta, e apoia a mão direita na parede como se, a despeito do horário, já sentisse cansaço, mais cansaço do que pudesse suportar.

Guaritas de entrada separadas em lados opostos, grades de contenção, diz número um, podemos até criar uma estrada vicinal paralela, para que os ônibus de transporte de pessoal não se cruzem. A separação pode se estender ao distrito, construiremos conjuntos habitacionais à parte, com infraestruturas autônomas, casas de chá numa e, prossegue número um, assim os funcionários lícitos de ambas as religiões nunca se cruzarão, e tenho certeza de que conseguiremos apoio das respectivas associações comerciais, afinal ninguém quer enfrentar acidentes de trabalho.

Apenas os currais de chegada serão compartilhados, continua número um, ficarão no centro de ambos os pavilhões, atendendo cada um deles a partir de uma única alimentação de gado. A partir dali, os currais de matança se dividem em dois, atendendo cada lado do matadouro, onde cada qual procederá com seu respectivo abate religioso. Ao dizer isso, a feição de número um exibe tal aspecto que, caso se visse diante de um espelho agora, poderia confundir sua euforia com um sinal qualquer de inteligência, enquanto número dois retira a mão que manteve apoiada na parede durante a fala do irmão, levando a palma até a testa, aplicando um tapa em si mesmo, dizendo: você é brilhante, tive até uma ideia para nomear cada pavilhão, escuta só.

Com desconfiança, número um diz, ah, obrigado, mano, e como vão se chamar, os pavilhões, ao que número dois responde, enquanto sai do canto onde se encontra ao lado dos arquivos metálicos e entra na sala da diretoria meio correndo com um jeito meio infantil que destoa de sua pança de cerveja, um pavilhão vai se chamar Jerusalém Ocidental e o outro Jerusalém Oriental, ele diz, e gargalha ao dizer isso, enquanto olha para trás à espera da cólera de número um quando zombam dele, e o irmão o segue e chuta seu calcanhar e agarra seu colarinho, outra de suas reações habituais, a que número dois retribui com uma cotovelada de leve no estômago do irmão, para mostrar que está brincando, em consequência ambos riem, pois estão como sempre de brincadeira, pensa Lucy, e nunca se ferem de verdade, pois seu brinquedo é o alheio, o dos outros, quando número um bate a porta da sala.

Trancados na sala da diretoria, os irmãos patrões discutem. Apesar da porta fechada, as paredes acabam por ouvir alguma coisa, o pranto ou rilhar de dentes, a raiva depositada no arremesso de algum objeto, o som de coisas inquebráveis se quebrando. Não parece existir revestimento que isole esse tipo de som.

[...]

Duas e quarenta e cinco da tarde

Os bois avançam em círculos pelo caminho de caracol, os abatedores caminham sob a luz branca do pavilhão. Os dedos dos famintos se agarram às grades, enquanto a chuva cai em cima dos seus ombros. Os seguranças da guarita se distraem com os gols de domingo no celular de um deles, o cão de guarda rói a última tira da sandália do bugre velho e a água encharca a areia. Os irmãos patrões discutem na sala da diretoria, número um considera que talvez não seja possível honrar o pagamento dos trabalhadores temporários no primeiro dia útil do ano por causa da data de vencimento das aplicações bancárias, a plotagem com a planta do matadouro jaz em retalhos no carpete sob a mesa, o ventilador de Lucy pifa, afinal, e ela se abana desconsolada, roendo as unhas. E uma aranha se esgueira para fora do bojo plástico que envolve o motor pifado do ventilador, satisfeita por poder tecer sua teia em paz nas grades sem a ventania produzida por aquelas pás gigantescas.

Magarefes fatiam filés, alcatras e contrafilés, dispondo finos cortes de carne em bandejas de isopor que a plastificadora embala a vácuo. Gotas da chuva retinem no zinco do teto, um som nada reconfortante que remete os funcionários ao tiquetaquear do relógio de ponto naquela última segunda-feira útil do ano, naquele epílogo de mais um ano de miséria, enquanto uma magarefe surrupia dois bifes e os enfia na calcinha. A guarda particular do irmão patrão número um baixa as escadas com pressa, passando pelo setor de beneficiamento da carne, o batuque dos saltos dos coturnos assustando a magarefe, que chega a pensar em devolver os bifes à bandeja, até o curral de matança. Ela fica aliviada quando passam direto, e aos poucos sente a carne fria esquentar no seu púbis.

Já no setor de abate, o chefe dos seguranças interrompe o trabalho, informando ao supervisor muçulmano que seus subordinados devem antecipar para agora a oração do meio da tarde, devem orar já, pois terão visitas e a diretoria não quer que confundam este matadouro de primeiro mundo com uma mesquita ou qualquer coisa parecida. Por um momento o supervisor fica sem saber se compreendeu bem o que aquele desconhecido está lhe dizendo, e se distrai, observando os pelos duros e pretos que perfuram o tecido igualmente preto da máscara do chefe dos seguranças. Ao perceber a confusão momentânea do supervisor, o Crente se aproxima, dizendo que a diretoria ordena que antecipem o *asr*, e o supervisor, após consultar o relógio na parede, acena a seus subordinados, apontando as torneiras do tanque para que se lavem o quanto antes. O Crente e o Cão se entreolham, perguntando-se de onde vieram aqueles seguranças. Usam o mesmo fardamento negro dos que estão na guarita.

No escritório, o pesado cinzeiro de ferro da mesa de número dois é arremessado contra o vidro que separa a sala da diretoria do restante da administração, retirando Lucy do devaneio. Tinha se distraído, observando a meticulosidade do trabalho da aranha na grade do ventilador, e como os labirintos estão em todo lugar e parecem ser o padrão determinante deste mundo. Quando olha de novo, o ponto do vidro atingido pelo cinzeiro começa a trincar, e a rachadura que irradia do local atingido também adquire a forma de uma teia de aranha.

Ahmed e os demais abatedores muçulmanos terminam a ablução, apressados pelos seguranças, então desenrolam seus tapetes e oram em pé, voltados para Meca. O Cão observa a fileira de bois detrás do curral, e um deles em particular, empacado no brete quando os seguranças interromperam o trabalho com sua chegada. Está na entrada da caixa de atordoamento, onde seria abatido, teve sua morte adiada por alguns minutos pela oração, ou sua vida estendida por idêntico motivo. O boi não tem olhos voltados para Meca, mas para o Cão, que se pergunta de que valeriam aqueles minutos extras, e qual é a pena a ser paga por adiar o inadiável. O boi tem olhos maciços e está feliz nessa hora, parece até pensar algo sobre os homens à sua frente, pois ainda não conhece os pensamentos do abatedor. Se soubesse o que Ahmed pensou ao despertar naquela manhã, ao sentar na cama e afiar o seu facão, não sorriria daquele jeito. Enquanto observa o amigo pensativo, o Crente tenta imaginar o que as vozes estariam lhe dizendo. Suas mãos latejam, talvez tenha trincado algum osso.

Prostrado sobre o tapete, Ahmed recita sua oração sob a luz branca do curral de matança. O burburinho em árabe dos muçulmanos se confunde com o vibrar das lâmpadas fluorescentes e o estampido grave e ritmado da trituradora de ossos debaixo dos pés e patas de todos os presentes.

Na guarita, os seguranças vibram com a destreza de um gol nas repetições de vídeos a que assistem. Do lado de fora do matadouro, as mãos dos miseráveis, molhadas de chuva e agarradas às grades, tremem com os gritos de gol enquanto recebem choques, pequenos choques que os levam a cerrar ainda mais os dedos contra as grades e a trincar os poucos dentes que lhes restam.

[...]

Quatro e trinta e um da madrugada

Caídas na mancha de óleo no piso do estacionamento em frente ao hospital, as estrelas do céu parecem dizer algo ao Crente; se é um aviso, ele não sabe. Estão distantes, afundadas no óleo vazado pela caminhonete que antes esteve ali com um morto dentro, suas admoestações em palavras engorduradas lhe parecem baixas demais, inaudíveis, e logo seu reflexo é recoberto por nuvens de chuva. O apito do trem toca ao longe, varando o sereno.

A partir da entrada, ele desce em direção à rua de terra coberta de cascalho, a principal do distrito, e toma a direção da igreja. Ainda resta algum tempo até pegar o saco plástico preto em casa e alcançar o ônibus para o expediente no matadouro. Desliza sob a sombra mirrada das árvores, com a testa umedecida pelo sereno nas folhagens ao passar, mas esse frescor não o acalma. Enquanto avança, vê de passagem a madeira apodrecida das portas das vendas e dos comércios, a ferrugem que carcome as bombas do posto de gasolina na altura da igreja, a placa meio torta na frente, combustível para o carro e o espírito a poucos passos de distância. Tudo podia explodir.

Agachado na calçada, um homem tenta abrir o cadeado que se prende ao patamar da porta de correr da igreja. O pastor, após uma careta de esforço, sorri para o Crente quando o percebe se aproximando.

Ah, é você, diz, não reconheci por causa da máscara. Dá uma forcinha aqui, Deus esteja conosco.

O cadeado parece emperrado, e o Crente continua em pé assim como chegou, de braços cruzados, sentindo a aragem da madrugada que arrepia sua nuca. Tem cheiro de terra umedecida, a aragem, em algum lugar já chove.

Vem dos lados do hospital, o pastor diz, meio contrariado com a falta de ajuda. A menina já está boa, Deus é pai.

O cadeado faz clique e o pastor desenrola a porta de correr, o ruído do aço quebrando o silêncio daquele trecho de rua, apenas pontuado por um ou outro estouro de escapamento vindo do posto de gasolina. Já de pé, o pastor aciona o interruptor da entrada e o retângulo de luz se projeta sobre as rachaduras e o mato que nasce na calçada, despertando o Crente de sua aparente inércia. Os azulejos brancos do interior da igreja refletem os sapatos pretos do pastor enquanto ele caminha, as paredes brancas azulejadas dão à igreja a aparência de um banheiro, a aparência de imundície imaculada.

Os fiéis devem estar vindo para o culto das cinco horas, diz o pastor, logo chegam.

Na lembrança do Crente ainda estão as estrelas que viu refletidas na mancha de óleo em frente ao hospital até as nuvens taparem seu brilho, e o enfermeiro lhe dizendo que, segundo o médico cubano, houve poucos contaminados entre os funcionários do matadouro, isso graças às condições de trabalho, ao uso da máscara que era obrigatória por lá. O enfermeiro deixou de frequentar o culto quando percebeu que o maior número de infectados vinha da igreja, mas antes procurou avisar os fiéis, sem sucesso. Hesitando em pisar nos azulejos brancos, o Crente fica onde está.

No que posso lhe ajudar, diz o pastor enquanto remexe numa mochila, da qual retira alguns cabos e um microfone. Já lhe falei antes, mas lamento por tua mulher. Ela faz muita falta nos cultos.

O Crente se decide e entra na igreja, vai até o pastor, tira o microfone de sua mão e o bate no nariz dele. Um esguicho vermelho macula a brancura do piso. Depois o surra com os cabos. Com as mãos na cara, o pastor cai debaixo de chutes. No chão, o Crente senta em cima dele e o esmurra com punhos alternados, esquerdo, direito, esquerdo, direito. Esfola o nó dos dedos ao lhe acertar a dentadura, que bate os dentes ao sair voando. Quando atinge um olho do pastor, sente algo parecido com amassar uma batata passada do ponto, cozida demais. Ele se ergue e sai da igreja sem olhar para trás, escorregando no sangue esparramado pelos azulejos.

Na calçada, enquanto se afasta apressadamente, cruza com os fiéis que chegam para o primeiro culto da última segunda-feira útil do ano.

[...]

Mesmo quando festejam, percebe-se que estão tristes. Não conhecem outra maneira de ver o mundo a não ser através de grades, e por isso só têm grades para olhar. Parece que para eles existem mil grades e atrás de mil grades não existe mundo.

A grade é seu senso de medida do espaço, primeiro a usam para confinar largas dimensões de terra com o discurso de que desse modo as protegem, não se sabe de quem ou de quê, afinal do outro lado das grades estão eles mesmos. Isso vem de épocas já esquecidas, pois aconteceu há tanto tempo que não pode mais ser lembrado. Com isso, também esquecem que toda grade confina ao mesmo tempo que protege.

São contraditórios. Eles nos veem através das grades, imaginando que nos prendem, porém esquecem que também estão presos, ou talvez só eles estejam, pois não sabemos o que são grades. Sabemos apenas o que é a paisagem, algo que eles ignoram. Nunca saberiam viver na paisagem circular, é por isso que se sentem presos, ao ver que o espaço lhes é aberto. A imensa solidão dos espaços infinitos. Nada os aterroriza mais que isso.

Então constroem grades para olhar, grades que os protegem da soltura da paisagem. Necessitam desse confinamento, dessa proteção. Quando prendem o outro, prendem a si mesmos, no entanto não o percebem. Patrão prende empregado, rico prende pobre. Não sabemos o que faz do rico, rico, e do pobre, pobre. Ou qual a diferença entre patrão e empregado. Somos todos iguais, circulamos na paisagem que nos rodeia, isso nos basta. Eles têm olhos pequenos, vivazes, mas não veem aquilo que é essencial, veem e não entendem o que veem. Arrastam detrás de si uma série de coisas que não sabemos o que são, as quais no entanto lhes parecem ser importantes. Essas coisas os dominam, e devem algo a essas coisas e padecem por ter ou não ter essas coisas. Nós não temos nada além do pasto, e não sabemos o que são essas coisas e qual a relação que eles mantêm com elas, apenas vemos que os que não têm podem matar para ter e que os que têm matam para que aqueles que não as têm continuem a não tê-las. É complicado.

Nisso estamos.

A despeito de creditarem ao seu deus a violência que praticam, perderam qualquer sentido de compreensão do sagrado. Não entendem o pasto, e mesmo que não consigamos ver as estrelas diretamente, algo que também ignoramos, o céu, eles conseguem vê-lo, a despeito de verem nas estrelas apenas uma via de escape. De si mesmos. Ao contrário de nós, que nos sabemos bem enraizados no pasto circular, eles se sentem prestes a se desprenderem no espaço. Talvez tenham sido pássaros, como esses que se alimentam dos carrapatos em nosso lombo, e tudo se resume à nostalgia do voo perdido.

Ao desejo de partir.

Nós só podemos ver o céu refletido na beira da lagoa ou nas poças deixadas pela chuva, apenas uma nesga dele, estrelas turvas, sinais tardios de mundos extintos. Nossa fatalidade é sermos devorados por quem nos ama. A deles é matar a quem amam.

É complicado.

E nisso estamos.

[...]

Duas e cinquenta e um da tarde

A filha do Crente abre os olhos no hospital e vê um facho de luz refletido no teto, acima da cama, uma lesma que estica e se dobra, rastejante na chuva. O enfermeiro entra no quarto dizendo, que bom que tu acordou, nossa, vou já chamar o doutor. Antes, porém, mede as funções vitais dela, murmurando, que bom, que bom, depois sai do quarto e volta com o médico cubano, que aparece bocejando detrás da máscara e a examina, muy bien, muñequita linda, es bueno mirar tus ojos abiertos. O médico mede sua pressão, depois a ausculta. O estetoscópio frio arrepia a pele machucada.

Do lado de fora, através da veneziana que dá para o corredor, vem o barulho das gotas batendo no entulho da obra de expansão interrompida pela pandemia, respingando na lama que se formou no terreno. Dentro, uma goteira enche pela metade o balde plástico laranja num canto do ambulatório. As duas camas vazias, uma de cada lado do quarto, a dela no centro, estão desarrumadas, com parte dos lençóis arrancada, os travesseiros sem fronha.

Quando chegou ali, as camas eram ocupadas por dois velhos, talvez um deles fosse alguém que um dia ela tenha conhecido, mas então estavam tão magros que já não se pareciam com ninguém. O arquejo mecânico dos respiradores ainda ecoa nos ouvidos. Os velhos devem ter emagrecido até sumir, ou pode ser que agora ela esteja em outro quarto, que tenha sido transferida.

Estranha o fato de estar sozinha, de não ter a mãe ali ao pé da cama. Então lembra que adoeceu alguns dias após sua mãe ser internada. Mas estava bem, a mãe, não deve estar ali porque foi ao banheiro. Talvez esteja almoçando. Ou deve ter ido pegar roupas em casa.

Em seguida o médico se despede, mas antes de sair pede que o enfermeiro avise o pai dela. Tu papá, ele diz, apontando para ela. Te ama.

Não tem muita certeza se despertou realmente, se não está apenas sonhando outro sonho dentro de um sonho na sequência de sonhos dentro de sonhos que vem sonhando desde que chegou ao hospital. Desde que adormeceu num sono tão longo.

Os movimentos que o facho de luz traça no teto não parecem ser normais, embora ela não saiba dizer por qual motivo. Lesma de luz. Vibra hesitante como se fosse o último sopro de vida ao abandonar um corpo.

No último sonho que teve, ou que talvez ainda esteja tendo, sua mãe estava morta. Era uma flama trêmula na escuridão, iluminando o caminho.

O enfermeiro saca o celular do bolso da frente do jaleco, digita algo nele e diz: pronto, avisei teu pai que tu abriu os olhos, ele passou todas as noites aqui no corredor só esperando tu despertar. Então o enfermeiro sai do quarto, sinalizando que não demora. Preciso arrumar as outras camas, ele diz, tem gente esperando.

A filha do Crente ergue as mãos e observa os dedos, depois a pele: pálida, translúcida como as páginas de uma Bíblia gasta de tanta oração. Seus pulsos lembram gravetos, as unhas grandes do jeito que não gosta. Fecha os olhos um instante e ao abri-los uma pilha de lençóis limpos aparece na porta, carregada por dois braços morenos, e de trás da pilha aponta a cara do enfermeiro entrando de volta no quarto com um riso desenhado nas sobrancelhas.

Ela descobre que não está num sonho ou, se estiver, o enfermeiro também está nele. Estaria no sonho dele ou ele estaria no sonho dela. As pálpebras começam a pesar, sente-se fraca. O enfermeiro abre os lençóis sobre uma das camas, ela murmura alguma coisa que ele não entende, e os olhos dele cada vez mais risonhos se aproximam dos olhos dela, se aproximam, vão se aproximando até perderem os contornos.

Ela pensa que deve estar no sonho dele, que ele tem todo o jeito de ser o dono daquele sonho, e também se alegra. Se estiver no sonho do enfermeiro, significa que a mãe dela continua viva.

Antes de adormecer, porém, ela intui que não está no sonho do enfermeiro, pois nem ele nem o doutor mencionaram sua mãe. Ela olha o teto do quarto à procura de algo de que já nem se lembra, algo que se esvaiu para sempre, então vê que o facho de luz se apagou, e a flama desapareceu na escuridão.

[...]

Três da tarde

A colega de Lucy que trabalha no aeroporto recolhe papéis no guichê diante do portão de desembarque, olhando de um lado a outro, depois se enrola detrás da cortina que protege a janela de vidro da luminosidade externa. A cortina lhe cai tão mal quanto um vestido trocado, um vestido de número bem maior que o seu. Não tem nenhum serviço a fazer ali, apenas espera o comitê comercial que virá acompanhado do adido da embaixada. Finge limpar a cortina com uma escova. Soube que o avião pousou com dificuldades, houve uma arremetida em decorrência da enxurrada que inunda a pista. Agora precisa enviar alguma informação a Lucy, ela quer uma foto do grupo.

Nítida, diz Lucy na mensagem, pois preciso conhecer os integrantes e evitar qualquer surpresa.

No fundo acha que nenhuma foto será possível, pois o saguão de desembarque está vazio, exceto pela faxineira que passa para cá e para lá o esfregão molhado no piso, algo que já fez incontáveis vezes sem êxito algum. Logo o piso se encontra novamente coberto de poeira, nos dias secos, ou de lama, como no dia de hoje. Fotografar o grupo nesse contexto chamaria muita atenção, ela conclui.

O plano não pode dar errado, diz Lucy na mensagem, senão todo mundo se fode.

De tempos em tempos, a lama escorre, vinda do estacionamento em enxurradas de terra vermelha, cobrindo parte do saguão. Lucy prometeu algum dinheiro para a colega, que anda precisada mesmo, e quem não anda, as dívidas só aumentam, desde que o marido evaporou da cidade, deixando-a só com as despesas da casa e as do moleque. A faxineira olha de relance para o volume maldisfarçado do corpo entre as cortinas e imagina que a colega deve estar outra vez na pior. Se entrasse para a igreja, ela não beberia tanto assim.

Afinal aparece o primeiro homem pela porta automática, usa terno preto de microfibra e óculos escuros, igual àqueles caras dos filmes, aqueles agentes secretos que nunca são bem secretos, já que parecem usar uniforme e todos acabam se parecendo entre si, independentemente do governo que representam. Não carrega bagagem, a não ser que o volume da semiautomática 9 milímetros Jericho 941 PL Desert na axila seja considerado bagagem. O agente secreto, na verdade adido para assuntos militares, um especialista em espionagem, pertencente ao corpo diplomático, examina o pequeno saguão meio preguiçosamente, com ar de quem não espera surpresa nenhuma, observando a faxineira recolher o esfregão no balde e se afastar. Outra mulher, distinguível somente pelo volume sob o tecido, parece limpar as cortinas. Ele caminha até lá e ergue a cortina. A funcionária se assusta, mas o crachá dela está bem visível no peito e tem uma escova na mão. O uniforme dela é diferente do usado pela outra faxineira.

O agente acena com o queixo em sinal positivo aos demais e logo surge o representante comercial que lidera o comitê ao lado do adido da embaixada, o primeiro nanico e o segundo mais alto, tagarelam sem cessar movidos pela cafeína acumulada no decurso do voo, lembram dois vizinhos de andares diferentes fofocando acerca da violência crescente em Jerusalém Oriental.

Está a par de que o matadouro que visitaremos já beneficia carne para os árabes, diz o representante comercial, não está.

Estou, diz o adido, como a maioria dos matadouros deste país.

Diferentemente dos outros, porém, que dividem as distintas operações por sazonalidade, diz o representante, um mês halal, outro kosher, o diretor do CRS nos oferece acomodações separadas de modo a produzir o ano inteiro.

Bom, diz o adido, mas seria melhor se atendesse apenas a gente.

Só comemos a parte dianteira do boi, diz o representante comercial, eles podem ficar com a parte traseira.

Melhor que não fiquem com nada, diz o adido. Como eles mesmos dizem, quem planta tâmaras não colhe tâmaras.

O abraço empoeirado da cortina sufoca a colega de Lucy, que abre a boca para respirar melhor. A porta automática fecha lentamente após a passagem do adido e do representante comercial, atravancada pela lama, quando surge vindo do desembarque o derradeiro integrante do comitê: trata-se de um homem religioso, um shochet, e sua aparência contrasta com o vazio do saguão, ocupado agora apenas pelas vozes do representante comercial e do adido, fiapos de frases que se desintegram no ar, é um homem corpulento vestido de negro cuja barba avermelhada lhe cobre o peito, deve ter quase dois metros de altura, e carrega embainhada sua chalaf, uma faca com mais de sessenta centímetros de lâmina usada no shechita, o ritual de abate kosher.

Desequilibrada, na iminência de espirrar, a colega decide apontar a câmera do celular entre os drapeados da cortina e capta o shochet, apenas uma imagem desfocada que o deixa parecido a um borrão em movimento, ainda maior do que já é, cento e cinquenta quilos de pixels.

Ao receber a foto, Lucy pensa, mas o que é isso, homem é que não é, parece um monstro, pouco antes de ser chamada às pressas pelo patrão número dois para recolher os estilhaços da divisória de vidro que o cinzeiro atingiu e que acaba de desabar.

[...]

Trinta e cinco anos antes

Ao longo do São Lourenço e nas vielas de Curva de Rio Sujo, os meninos estão cantando. O suor escorre nos seus torsos prateados, é terça-feira de Carnaval, a preparação do cortejo do boi violeta, e os meninos estão cantando.

O tio do Crente caminha entre os bois no curral, examina a cicatriz do berne coberta de azul de metileno no lombo de um garrote e escolhe o touro mais imponente do rebanho, um touro branco, que passa a ser recoberto de flores pelos peões. O Crente e o Cão se separam da renca que segue em cantoria, sumindo no beco detrás do matadouro, e trepam na cerca do curral, as gotas de suor salpicadas no nariz do Crente se misturando às sardas, os olhos do Cão arregalados na cara encardida de lama.

O tio enfeita o touro com guirlandas. O boi chora, diz o tio do Crente apontando aos meninos uma flor que segura pelo talo, e onde cai a lágrima nasce uma violeta. Os dois meninos riem e aplaudem, e a língua que o Cão põe para fora está avermelhada, parece em brasa. É febre ou amora colhida no pé, pensa o tio, mas quem pode saber disso, um menino sem pai nem mãe.

Começa a chegar até ali o rasqueado das violas, vem trazido pelas águas do rio. O ritual de fertilidade foi iniciado pelo bisavô do Crente, sessenta anos atrás, em homenagem a um touro que teve. Quando o touro branco sai pela porteira, está bonito, as guirlandas de violetas nos chifres balançam, parecendo que o animal se sente orgulhoso, lisonjeado por ter sido escolhido. Ninguém ignora como o boi é sagrado.

O Crente e o Cão continuam por um tempinho sentados em cima da cerca, quando do meio do rebanho surgem os olhos doces da novilha à procura do Cão, e o Crente diz, lá vem a sua noivinha. A novilha se achega e acaricia com a cabeça as pernas nuas do Cão pendidas da cerca e lambe os pés achinelados dele com sua língua rosada que parece lixa. Sem dar atenção às risadas do Crente, o Cão se abaixa e acaricia suas orelhas, murmurando algo baixinho só para ela, que logo se afasta, sacudindo a cauda em hélice.

Marcaram o casamento pra quando, diz o Crente, pulando do alto da cerca na areia amaciada pelos cascos dos bois. Quero ser padrinho.

Mas o Cão continua encarapitado no mourão, observando o rebanho no curral, como à procura de algo fora de vista, algo distante. Algo que se perdeu. Os chifres que lhe amputaram.

O cortejo do boi violeta avança pelo caminho que vai dar no rio, acompanhado por homens de chapéu tocando suas violas. Os meninos agora correm atrás do touro branco, jogam mais flores que vão catando nos galhos, jasmins brancos e outras flores selvagens, sobre o animal e os violeiros. As abas dos chapéus estão cobertas de pétalas. O tio do Crente puxa o touro branco por uma corda, o trajeto os leva até a margem do São Lourenço, no qual o touro vai entrar até ficar somente com o nariz e os chifres fora d'água. Dizem que antes, na época do bisavô, o touro entrava inteiro no rio, a mancha branca do seu corpo sumindo na correnteza terrosa, e nunca mais voltava.

Dessa vez o cortejo do boi violeta não vai fazer nada disso. No meio do caminho, a menos de quinhentos metros da margem, alguns homens aparecem, interrompendo o ritual. Apontam espingardas e erguem a camisa para mostrar o revólver na cintura. Não falam nada nem sorriem, os capangas, e ninguém protesta, nem os violeiros ou o tio do Crente. O cortejo logo se desmantela, e o touro branco sobe a ribanceira de volta ao curral balançando os chifres, abatido, puxado pelo tio. A festa acabou. As violetas se soltam das guirlandas e caem pela relva.

De noite, sentados à mesa de jantar, entre uma colherada e outra, o tio estica o braço e bota a mão na testa do Cão. Esse moleque está ardendo em febre, diz para a tia do Crente que serve o carreteiro nos pratos dos meninos, dá pra fritar um ovo aqui. Comam, os dois, e já para a cama, diz a tia depois de encontrar a caixinha do antitérmico e sacudi-la. Acabou, ela diz, não tem remédio. Se continuar assim, amanhã colho macela pra fazer chá.

Quando os meninos levantam da mesa, pedem a bença e mergulham pelo corredor escuro e comprido da casa já invadindo o terreno do sono, enquanto ouvem o tio dizer que não sabe se vai suportar, que se o continuarem apertando daquele jeito vai ter de vender o matadouro e o açougue. O CRS não brinca, quer engolir os açougues da região. A tia responde alguma coisa ao tio, mas os meninos já estão fundo demais para ouvir o que eles falam.

A lua vibra tão cheia se enfiando pelas frestas da janela, do lado de fora soa um ruído baixo, surdo, como de pés correndo na areia do curral. O Crente ressona, falando umas palavras impossíveis de serem compreendidas, são grunhidos meio apavorantes, e o Cão escapa devagarinho de debaixo da colcha, tremendo de febre, abre a aldrava de madeira e sai pela janela para o quintal, pisando descalço a terra fria.

Batendo dentes, abraçado ao próprio corpo, ele caminha até a estrebaria e entra na escuridão, sentindo cheiro de ureia e esterco. Conhece o lugar e o percorre como se fosse dia claro, enveredando pelo terceiro corredor à direita, onde estão os bezerros e as novilhas. Dessa vez, no entanto, ele sente um cheiro metálico, agressivo, um cheiro de sangue. No fundo do corredor, no breu, o Cão vê alguns vultos que pulam a cerca e saem correndo pelo outro lado da estrebaria, carregando sacos. Ao se aproximar, pisa em algo molhado e quente. Levanta o pé e percebe que a planta e a parte inferior dos dedos estão emporcalhadas de sangue. Tem um pedaço de carne jogado no chão. Dá para sentir os pelos da vaca nele.

 O Cão começa a ouvir o rilhar, um ranger, um ruído erradio que se mistura ao pranto vindo dos bezerros, que mugem desesperados, só então percebe que são seus próprios dentes trincando uns contra os outros, travados, quase quebrando. A luz da estrebaria é acesa, e no portão aparece o tio do Crente de espingarda na mão. Fora, ele dispara um só balaço para cima, mas os invasores já vão longe.

 Com a estrebaria iluminada, o Cão pode ver: alguns animais estão feridos quase na altura do quadril, perto da espinha dorsal, nacos lhes foram arrancados à faca, em outros falta o rabo. Caído no esterco misturado com lama, um garrote muge baixo, sem forças. Tem as patas atadas por uma corda grossa. Agoniza. O Cão procura a sua novilha entre os animais, a sua querida, a sua amiga, e a encontra imóvel no cercado dos fundos. Parece que vai bater a cabeça contra o mourão, as pernas frouxas. Em outras ocasiões, ela se aproximaria sem que ele precisasse entrar no cercado, como faz agora. No lombo, arrancaram um bife dela, e o couro expõe o vermelho vivo do buraco onde falta a carne. A novilha desaba sobre a serragem. Ajoelhado no piso, o Cão abraça o pescoço dela e chora baixinho, envergonhado com a presença dos peões.

 Do pátio, com a lamparina de querosene na mão, o tio do Crente observa ao longe as fogueiras tremulando no escuro do pasto no limite da mata. Assam a carne roubada. Aperta a coronha da espingarda com força e seu indicador pressiona o gatilho até o limite, sem disparar. Poderia ordenar aos peões a seu redor — a barra das calças do pijama de um deles tem respingos do sangue do garrote que sacrificaram, o outro está sem camisa — que o seguissem até as fogueiras. Mas são apenas vaqueiros e açougueiros, pais de família, não capangas.

Ele acaricia a cabeça do Cão, sente a quentura da febre na nuca do garoto, sua pelugem grossa e suada, e o manda voltar para a cama. Lembra de quando o encontrou numa manhã, dez anos antes, enrolado em pano de chão e roxo de frio, no cocho daquela mesma estrebaria. Era o bebê mais estranho que jamais tinha visto.

Na janela do dormitório, esfregando os olhos ainda grudados, com ar de quem não entende nada, o Crente solta um bocejo e some dentro da casa que começa a se desfazer. E logo vêm a Quarta-Feira de Cinzas e a Quaresma e os seus quarenta dias, os seus quarenta anos, de privação.

[...]

Três e quinze da tarde

Pouco importa se é a última segunda-feira útil do ano para a magarefe. Ela é temporária, não tem benefícios e logo será dispensada como todas as mulheres ali no setor de beneficiamento, e pegará outro bico de faxineira para limpar restos das festas de fim de ano de um patrão qualquer. O que importa, ao menos por ora, é que o moleque dela vai comer bife hoje à noite, e ela também deseja filar um teco, a gordurinha que ele botar de lado. O expediente termina em menos de duas horas, a carne sobreviverá ao calor do seu púbis, um calor que só aumenta nos últimos tempos. Fervilha, deve ser a solidão. Deve ser. Deve ser o fim de ano.

A esteira passa e ela fatia a peça de contrafilé sobre a bancada em bifes de espessura uniforme, mecanicamente, e depois os joga na esteira, algo que todas ali também fazem com idêntica precisão e destreza, exceto pela menina da ponta, é a primeira vez que a vê ali fazendo o serviço, parece ser a filha da dona da venda da pracinha. Em pequenas pilhas os bois vão se desfigurando em pedaços até não serem mais reconhecidos, embalados a vácuo em bandejas de isopor. Carne cortada pra alimentar patrão, carne pra alimentar cachorro. Carne pra alimentar urubu.

A supervisora caminha entre as funcionárias compenetradas em sua atividade, e ao passar pela menina da ponta, talvez a filha da dona da venda ou de alguma frequentadora lá da igreja, a chama e cochicha algo no seu ouvido, apontando com o queixo para o lado da magarefe, a que pretende alimentar seu moleque com dois bifes esta noite, algo que ela falou a esmo na mesa do refeitório meio sem pensar em quem poderia ouvir. Alguém como aquela garota. Ela sente que os dois bifes agasalhados no seu púbis lhe dão um estranho conforto parecido com o gozo. Teve uma época em que os animais falavam. No começo tinha a palavra, então a palavra se fez deus — e a palavra se fez carne.

Acenando aos seguranças que se dirigem à recepção para a iminente chegada do comitê comercial, a supervisora aponta a magarefe. Destaca-se do grupo de seguranças uma mulher quase irreconhecível em sua farda negra, ela exibe um problema leve na perna direita ao atender ao chamado da supervisora, de um antigo ferimento à bala, talvez, sua perna se arrasta quase imperceptivelmente, é o único de seus membros que se recusa a fazer parte daquilo, do cumprimento do dever, puxando o restante do corpo para trás, sem sucesso, enquanto ela atravessa o pavilhão sob a luz branca que deixa tudo exposto, todas as vontades e segredos, ao menos os daqueles que ainda vivem, marchando na direção da esteira e da magarefe, que se pergunta se aquilo sob a farda também pode ser uma mulher.

Ao chegar, a supervisora lhe ordena que conduza a magarefe e seus bifes de contrafilé para fora do frigorífico: o expediente terminou mais cedo para ela. As demais funcionárias abaixam o olhar, endereçando sua atenção apenas à esteira que corre sofregamente à espera de ser alimentada por mais carne.

Na sala da diretoria onde acompanha a limpeza dos estilhaços da divisória, Lucy observa a movimentação no setor de beneficiamento através dos monitores de segurança. A tela, dividida em dezenas de outras menores ligadas a câmeras dispostas nas vigas sobre o curral central, fica sobre a mesa de número um, que junto ao irmão espera na sala contígua. Lucy se distrai examinando estas últimas, que mostram manchas na obscuridade, animais na fileira do abate, pois se lembra da história contada pelo Cão de madrugada, ela busca o menino com guampas oculto no meio dos bois daquele matadouro, agachado entre suas patas. Segundo o patrão, essas câmeras servem para evitar que os animais ataquem uns aos outros, pois enlouquecem no confinamento. Com elas, os vaqueiros podem intervir a tempo, sem que a empresa sofra perdas. Num flagrante, Lucy pensa ver alguém de pé no meio da manada, mas não parece um menino, e sim um homem. Ela coça as pálpebras, está com sono, dormiu mal, deve estar vendo coisas, e quando os abre só vê a segurança à beira de acossar a magarefe dos dois bifes.

Sem atender à supervisora, a segurança dobra o braço direito da magarefe em suas costas, forçando o tronco dela a se dobrar para a frente com um empurrão na nuca. Com o pescoço torcido na bancada cheia de sangue onde trabalha, com a faca e a peça de contrafilé diante dos olhos, a magarefe sente a segurança enfiar com violência a mão esquerda dentro de sua calcinha à procura dos bifes, e só nesse instante reage, gritando em protesto, chamando o nome do filho, ao que a segurança apenas força ainda mais seu braço para cima, e sobrevém um estalo.

Com as mãos na cabeça, a supervisora protesta contra a violência, ao tempo em que os bifes são devolvidos à esteira, arremessados pela segurança, e por ela trafegam até o sistema de embalagem a vácuo, solitários sobre a borracha preta em movimento, pois as outras funcionárias deixaram de alimentar a esteira de carne, onde são embalados maquinalmente pelo plástico gélido que os envolve e num segundo aqueles bifes nunca conheceram o ardente púbis da magarefe.

Enquanto a segurança arrasta sua funcionária para fora, a supervisora recolhe a bandeja e a dispensa no lixo.

[...]

Três e trinta da tarde

O interior do armário do Crente no vestiário dos empregados se ilumina quando chega uma mensagem e o celular vibra com perigo, dada a natureza inconstante do material ao abrigo do saco plástico ao lado. Desde a morte da mulher, o Crente recebe somente mensagens indesejáveis, ofertas de empréstimo do banco e cobranças da funerária a quem ainda deve o sepultamento da mulher, ou eventuais balbucios do Cão, enigmas sem resposta, áudios que chegam tão tarde da noite a ponto de parecerem enviados pela própria madrugada. Matadouros-labirintos. Currais em caracol. Temple Grandin. A indústria da carne. O medo e o sofrimento dos bois. Vivemos numa jaula de luz, uma jaula extraordinária, animais, animais sem fim. A dor moral do manejador e do abatedor.

A porta do armário é aberta e surge a cara do Crente, de sobreaviso na penumbra do vestiário, iluminada pela tela do aparelho que logo apaga, olhando para os lados a fim de não ser flagrado ali. O trabalho no abate é precário, mas os funcionários ainda têm direito de ir ao banheiro. Com as mãos escorregadias, ele alcança o saco plástico e a meio caminho percebe o aviso de mensagem no celular. Uma boa notícia, que não seja mais uma cobrança que nunca será paga, quem sabe uma ótima notícia.

São duas mensagens. Na primeira, enviada às doze e vinte e seis, Lucy o alerta sobre a segurança dos irmãos patrões. Ele responde com um sinal de positivo e diz: estou indo, só tenho mais um minuto. Na segunda, o enfermeiro lhe avisa que sua filha enfim despertou.

O Crente retira o chip do celular e o joga no vaso sanitário, depois dá descarga. O chip gira na água, ameaça não ir e é engolido pelo remoinho. Com o saco plástico na mão direita, mal fecha a porta do armário e sai pelo corredor no sentido oposto ao que o levaria até o setor de abate. O corredor está vazio e silencioso, exceto pela vibração da trituradora de ossos no solo. Procura não demonstrar temor nem pressa. Preocupa-se apenas em não sacudir demais o que carrega, e sua mente vaga dali ao quarto do hospital onde a filha continua acamada, usando a mensagem do enfermeiro como meio de transporte — tua fé é grande, ela acordou e vai estar pronta pra sair como a gente combinou mais cedo, diz a mensagem.

Ele sobe a escada que leva aos fundos do piso superior, onde fica a administração, torcendo para não se deparar com um segurança fumando às escondidas no patamar. Pisa os degraus do segundo lance com cuidado, e a imagem da filha retirando os catéteres e se erguendo da cama quase é suficiente para fazê-lo caminhar mais rápido, como se a necessidade de retornar ao trabalho o quanto antes não fosse fundamental para prosseguir com o plano sem levantar desconfiança.

Mas não tem ninguém no patamar da escada, exceto pelo ruído dos saltos dos sapatos da única pessoa a usar salto alto no prédio inteiro, Lucy, que vem ao encontro dele, ainda fora de vista, saltos que estalam e repercutem, e surge ao dobrar a esquina no final do corredor. Trocam olhares. O Crente abandona o saco plástico preto com cuidado no canto da extremidade do corredor onde se encontra e retorna à escada, agora sim, sendo atraído pela visão da filha com todo o ímpeto, ainda que sem emitir nenhum ruído nos degraus, nenhum guincho das solas de suas botas de borracha, enquanto observa de esguelha Lucy apanhar o saco do chão e fazer seu caminho de volta pelo corredor, à medida que ele também baixa dois lances da escada e atinge o térreo caminhando em direção ao vestiário, sem pressa, e de lá dobra rumo ao setor de abate para que não desconfiem de nada, de que não tivesse ido ao banheiro, e quando acena ao supervisor sinalizando que retornou ao batente, ele ainda segue com os olhos pregados na filha, e pensa que as primeiras palavras dela ao se reencontrarem de olhos abertos serão, eu já sei de tudo, pai, e você não tem culpa de nada. Agora nós vamos embora deste buraco, não vamos, pai. Faz o que for preciso pra gente ir embora daqui, pai. Você não tem culpa de nada.

[...]

Um ano antes

Esta última segunda-feira útil teve início faz um ano, num domingo. Ou talvez tenha começado quatro anos antes, no dia em que o Cão foi preso, não por coincidência uma segunda-feira. Por isso Lucy odeia as segundas, em especial aquela, a qual não quer nem lembrar neste domingo de um ano antes, em que mal fechou os olhos de noite, tamanha sua ansiedade para a chegada do alvorecer.

Antes de o mormaço subir do pântano aterrado dos fundos da casa, enquanto a faixa escura de noite ainda paira sobre a copa do limoeiro do quintal, ela vai até a garagem e dá partida na Ford Pampa de cor anil descascado, um item do museu da mecânica que ainda roda meio que por milagres da gambiarra e da lei da gravidade. Antes de engatar marcha a ré, confere a maquiagem e o cabelo no retrovisor e solta um gemido de insatisfação.

Alguns minutos depois ela já estaciona a picape na rua de terra em frente à casa do Crente e fecha os olhos à espera dele, e o imagina saindo furtivamente de debaixo dos lençóis após beijar a mulher com todo o cuidado para não a despertar, depois entreabrindo a porta do quarto da filha apenas para conferir se a garota dorme. Quando Lucy abre os olhos, ele sai pelo corredor lateral da casa de madeira com a blusa amarela no braço dobrado, do mesmo jeito que garçons carregam suas toalhas. Pisa o capim escorregadio de orvalho do acostamento em direção ao carro, com um aspecto de alívio na cara.

Parece que o dia chegou, diz o Crente ao se instalar no assento no qual sempre couberam três pessoas meio apertadas, com Lucy no colo do namorado ou espremida no meio, mas onde desde o aprisionamento do Cão quatro anos antes só cabem duas, às vezes duas e meia, quando a filha do Crente vai ao bar com ele e Lucy. A mulher nunca os acompanha. É mais devota que o Crente, e jamais bebe.

É, diz Lucy, parece que sim.

Além deles, a não ser por alguns sobreviventes da noitada na esquina ao redor da carcaça do trailer, à espera de cachorros-quentes que nunca serão servidos pois a lanchonete do trailer fechou anos atrás, meras sombras sob árvores mortas com pés metidos nas poças esquecidas pela chuva, nenhuma vivalma se arrasta pela avenida.

Os pneus da Ford Pampa atravessam o barro misturado à merda que transborda das fossas das taperas da antiga vila dos funcionários do matadouro e da favela que vai se formando ao redor, com barracos feitos de chapas de zinco; dois terços da população trabalham no CRS, o restante se esfalfa nos poucos bicos que restam no campo, onde o cultivo da soja foi automatizado, e nos postos de gasolina e desmanches carcomidos pela ferrugem se acumulando nos acostamentos da BR-163/MS.

Ao chegarem ao trevo de saída da cidade, a língua alaranjada do sol se desenrola no horizonte deixando o ferro-velho tão belo quanto o ouro.

A viagem até a Penitenciária Estadual de Dourados corre na maior parte em silêncio, exceto pelas ocasiões em que o Crente liga o rádio e gira o dial enquanto resmunga dos sermões de pastores evangélicos, discursos de vereadores e propagandas de pesticida que o levam a se virar para o lado, impaciente e aflito, e a cochilar com a bochecha apoiada na janela que trepida a cada cratera da rodovia.

O calor aumenta e Lucy estende a mão esquerda para fora na tentativa de colher alguma lufada de ar fresco, pois o ventilador do painel, uma relíquia dentro de outra, não funciona desde quando o pai dela ainda estava por aqui. Ela e seus problemas com ventiladores.

O terreno à margem de ambos os acostamentos vai mudando rapidamente, do pântano aterrado ao redor da cidade às árvores secas e retorcidas da periferia, logo substituídas por milharais e depois a Ford Pampa segue por duzentos e quarenta quilômetros de soja, sem nada que desafine a monotonia da paisagem a não ser o reluzir das colheitadeiras no meio da plantação, tão imóveis e enigmáticas quanto naves que acabaram de chegar de outro planeta.

Enquanto aguarda, o Cão espia através do vidro a tela do aparelhinho de tevê mantido na guarita pelo carcereiro encarregado da sua liberação; o homem gordo e suado termina de carimbar seus papéis e lhe devolve documentos e uns poucos pertences dentro de um saco, incluindo o único livro que decidiu levar e que folheia com o polegar distraidamente, produzindo um ruído repetitivo que arranca olhares incomodados do carcereiro. O telejornal exibe imagens de um massacre de colonos palestinos cometido pelo exército israelense na comunidade de Sheikh Jarrah em Jerusalém Oriental. As cenas são difusas, captadas por câmeras de segurança. Além das legendas informando o ocorrido — soldados abriram fogo contra uma família de colonos palestinos, nenhum sobrevivente —, é possível ver as grades instaladas pelo exército no posto de inspeção, e do lado oposto os manifestantes jogando pedras nos soldados. Visto de cima, o desenho das grades lembra o dos currais do matadouro. O carcereiro diz ao Cão que ele já pode sair, vai e vê se esquece o caminho de volta, ele diz. O Cão agradece e passa pela porta gradeada aberta por outro carcereiro, tão loquaz quanto uma parede chapiscada. Do lado de fora, depara com um mundo igual ao que havia deixado quatro anos antes, mas está certo de que essa semelhança é apenas ilusória.

A Ford Pampa de Lucy breca em frente à porta da penitenciária e o Crente vê o amigo à sombra do muro. Anéis azulados de fumaça sobem de um cigarro fora de vista, oculto pelas capas abertas do livro no qual o Cão está metido. O Crente sorri para Lucy, olha só, ele diz apontando as letras prateadas que se destacam contra o fundo preto da capa, um açougueiro lendo *A doutrina de Buda*, e solta uma gargalhada e um assovio com dois dedos na boca.

    O Cão fecha o livro, joga o saco de pertences nas costas e vem se arrastando em direção à picape, quase sem pressa de sair da sombra. Quando senta ao volante empurrando Lucy delicadamente com a anca para o meio do assento, ela o envolve pelo pescoço com força e deita sua cabeça sobre o peito dele por um longo tempo, parecendo querer lhe auscultar o pulso ou então verificar se o coração continua a bater, se continua acelerado ou se parou de vez.

    O coração do seu animal.

    Lucy, diz o Cão com os dedos entrelaçados ao cabelo dela. Lucy Fuerza.

    Ela fica olhando bem de perto para os olhos dele à espera de algo, de alguma cintilação de alegria, de alguma migalha de saudade, mas o Cão somente dá partida no motor.

De novo a estrada, e o silêncio do Cão se esparrama pelo interior da cabine. Dessa vez Lucy põe um sertanejo baixinho no rádio e enrola um beque afilado como um graveto que acende com o palito de fósforo e vai passando aos companheiros de viagem, a fim de que conversem, quem sabe, primeiro ao Cão, fala alguma coisa, gente, que dá um trago curto e prende o ar, com olhos postos no horizonte. Na vez dele o Crente começa a tossir e sua cara fica avermelhada, ele ameaça cuspir fogo mas só cospe fumaça ao vento da janela, enquanto Lucy ri e dá alguns tapas nas suas costas, dizendo que ele está velho demais. O Cão resmunga algo impossível de ser entendido e olha as miragens causadas pelo sol no asfalto; saindo do acostamento, um lagarto atravessa a frente do carro, sua grande cauda cinzenta serpenteando entre fantasmas de calor.

Conseguimos uma vaga temporária pra você, diz Lucy. De manejador. Começa amanhã.

Agora só contratam abatedores muçulmanos, diz o Crente. Sou fiscal da caixa de atordoamento já faz uns meses. Devem ter inventado esse cargo porque não podem demitir todos de uma vez.

O Cão pergunta de onde vêm os muçulmanos.

De vários lugares. Tem os palestinos, como o Ahmed, diz o Crente, e tem outros.

Quem é Ahmed, diz o Cão.

É um carinha que perdeu a família inteira naquela chacina que a televisão anda noticiando sem parar desde sexta, diz o Crente. Veio juntar dinheiro e pretendia trazer o pessoal dele pra cá, daí aconteceu isso. Ele anda meio louco desde que ficou sabendo.

Girando o dial em busca de outra rádio, Lucy fala sobre as coisas que a filha do Crente anda dizendo, sobre ir embora, diz que tem pressentimentos de que o mundo vai acabar em breve, Lucy dá risada e conta isso com graça para que a viagem não descambe em melancolia, porém o ânimo dos viajantes acompanha o declínio do sol se escondendo detrás dos trilhos por onde passam vagões do trem vindo do Sul. A filha do Crente contou para ela que se a gente for embora pra Marte, nunca vai poder voltar pra Terra. Pois se voltar, a gravidade transforma nossos ossos em miojo. Ela quis dizer que o nosso esqueleto ia tipo derreter, continua Lucy. Então, se a gente for pra Marte, melhor ficar por lá.

Por pouco tempo as gargalhadas de Lucy e do Crente enchem o interior da Pampa e logo vão sumindo, à medida que o Cão pede ao Crente que fale do abate dos turcos e sobre o paradeiro de antigos colegas do matadouro, demitidos desde a chegada dos muçulmanos.

Nos anos em que ficou preso, diz o Crente, a firma focou no abate religioso pra exportação. Primeiro despachava gado vivo, depois passou a abater aqui mesmo. Dá muito mais lucro, só que pro pessoal da vila a coisa piorou. As colheitadeiras agora são automáticas. Não tem trabalho pra quase ninguém, ele diz, e daqui a pouco não vai ter pra mais ninguém.

As árvores que desapareceram da paisagem agora ocupada pela soja unânime no horizonte levaram no seu rastro outras raízes mais profundas, revirando a terra, expondo suas vísceras. Não voltam mais. O trem perene vindo do Sul carrega troncos e soja, talvez algum gado, que será levado para países que preservam seu direito de esquartejá-lo segundo suas próprias regras. A plantação é repentinamente substituída pelas carcaças de caminhões, caçambas e motos que, castigadas pelo sol, perderam a tinta e o esplendor.

Ao ultrapassarem o posto Texaco abandonado, uma ruína a mais no acostamento, o Cão considera se o que enterrou no terreno dos fundos continua enterrado, se a bolsa de lona segue por lá. Permanece quieto pelo tempo levado por Lucy para acender o cigarro pendendo dos seus lábios, então diz, parecendo recitar algo decorado durante um sono de quatro anos do qual acaba de despertar, engordamos os bois pra engordarmos, o Cão diz, e engordamos pro verme que nos come depois. O patrão gordo e o empregado magro são dois pratos diferentes, mas acabam sendo servidos na mesma mesa.

Daí vêm as primeiras ruas de terra do distrito e essas palavras permanecem rondando no interior da cabine como joias imantadas, enquanto Lucy e o Crente pensam no que elas poderiam significar.

Só sei que logo a gente não vai mais ter trabalho, diz o Crente.

A mesa da cozinha está coberta de migalhas de pão e ossos de frango nos pratos sujos. Cinzas de cigarro e latas de cerveja tombam sobre a estampa de maçãs e abacates na toalha plástica de que Lucy tanto gosta. A lâmpada no teto projeta um halo amarelado na sala que se perde no azul da noite entrando pela janela, de onde também chega o estrilar de grilos e morcegos. O Cão se debruça no parapeito à procura de estrelas, enquanto Lucy recolhe a louça da mesa e o Crente, meio de porre, cochila no sofá diante da tevê que repete a matéria do noticiário sobre o massacre em Jerusalém Oriental.

O céu está nublado, o Cão desiste das estrelas e se volta para a tevê. Acende outro cigarro. Vistas de cima, das câmeras de segurança, as grades do posto de inspeção lembram um labirinto. Sombras se arrastam por seus corredores tortuosos, sombras de chifres. Um menino com focinho de boi. A imagem corta para o estúdio, onde o âncora comenta o massacre com um especialista em relações internacionais. Suas caras são borrões cinzentos, a tela do aparelho de Lucy não é das melhores, menos ainda a qualidade do gato na instalação do vizinho.

A força foi desproporcional, diz o âncora, não acha.

O especialista, que se encontra ao ar livre numa paisagem desértica costurada por cercas de arame farpado, relata que tudo ocorreu em reação a um ataque de uma adolescente palestina a um comerciante. Ela o acusava de se instalar num trecho do terreno ocupado pela família dela, diz o especialista, onde cultivavam tâmaras, e tentou esfaqueá-lo. O comerciante tinha dito para ela que a terra não lhes pertencia, e a prova disso era que da terra brotavam tâmaras. E o que ele quis dizer com isso, diz o âncora. Não sei bem, algo a ver com as virtudes do espírito entendidas como um fruto. Os soldados entraram em ação e dizimaram a família inteira, diz o especialista. Isso não é bom para a imagem do país perante a comunidade internacional, diz o âncora, a repercussão da política interna do atual governo não é das melhores, insiste. A imagem da tevê fica mais borrada, faixas cinzentas se movem horizontalmente na tela. Mas agora o terreno está livre, diz o especialista com voz interrompida por chiados, e as tâmaras continuam brotando. É o que importa.

Abrindo os olhos, o Crente diz: era a irmã do Ahmed. A família dele. Esse canal fica repetindo a mesma coisa até a notícia deixar de fazer sentido.

Lucy emudece a tevê e leva os pratos até a cozinha. De lá, ouve-se o barulho metálico dos talheres sendo jogados na pia, então um estalo. Ela volta com uma lata de cerveja aberta na mão. Permanece ali, em pé e descalça, com o ombro apoiado no batente da porta, bebericando goles curtos à espera de que o Cão fale alguma coisa, pois está calado desde que chegaram. Enreda os dedos nos cabelos, olhando de soslaio para o Cão, diga algo, meu animal, conte o que anda pensando, por que está tão quieto desde que saiu da cadeia. Fale alguma coisa, pois agora você está livre. Mas é o Crente quem acaba falando.

Eu estava lá no refeitório quando o Ahmed recebeu a notícia, diz o Crente, um amigo da terra dele mandou a mensagem. Primeiro ele jogou a comida da bandeja em cima da mesa. Depois começou a bater com a bandeja na mesa, e bateu com tanta força que a bandeja de alumínio ficou toda retorcida. Então começou a bater a cabeça na mesa. Foi preciso a turcada toda pra segurar ele, diz o Crente. No almoço de sexta-feira, isso. Foi parar no ambulatório com três costelas quebradas.

Assim que o Crente decide voltar para sua casa, Lucy convida o Cão para se deitarem. É tarde, ela diz, mas não tarde demais. Amanhã pego cedo no serviço, você também. Vamos, diz Lucy desligando a tevê.

Ele não responde. Prefere fumar e seguir à procura de alguma estrela no recorte celeste da janela.

Espero você na cama, ela diz, apagando a luz.

Mas o Cão continua lá, na penumbra, escrutinando o fulgor de coisas mortas no negrume, olhando e não vendo nada com uns olhos arregalados que fecha de vez em quando, ao piscar, encerrando seu mistério na quietude e na escuridão dos olhos fechados, aterrorizado pelo silêncio do céu.

No quarto, Lucy envia uma mensagem para o Crente: que achou dele. Tá esquisito demais, quase não fala.

O Crente deve estar adormecido no sofá de casa, esperando passar o porre para poder ir para a cama, na qual a mulher o espera, só fingindo que dorme, olhando reflexos das primeiras luzes da manhã dançando no teto, se esticando como lesmas de luz, reflexos que de tão bonitos ela gostaria de mostrar à filha. Ele não responde à mensagem, mas Lucy já tem uma resposta que fermenta no coração, se misturando a um temor que nem a luz do dia e nem mesmo a possibilidade de partirem daquele matadouro em forma de cidade apazigua, a certeza de que o Cão está louco, de que talvez ele esteja louco desde o dia em que nasceu, ou então que tenha se arrependido de ter nascido.

O que o meu animal tem, o que o meu animal quer. Venha pra cama você também, meu animal. Logo o dia nasce e a luz dissipa o medo.

Ou pior: que tenha se arrependido de nascer sob sua pele de homem.

[...]

Quatro e quinze da tarde

Onde caralhos a madame anda que não está aqui na recepção, diz o áudio do patrão número um. O comitê está pra chegar ou não está. Temos visita de cliente ou não temos. Vai honrar o salário ou não vai. Se foder, arrombada.

Com cuidado, Lucy apaga o celular e tranca à chave o saco plástico preto na gaveta da escrivaninha, rabisca com o marcador um xis amarelo na fechadura e desce ao térreo, onde os irmãos patrões aguardam acompanhados dos seguranças. A luz branca banha o interior do matadouro de irrealidade. Debaixo do cheiro de alvejante, entre as paredes incólumes. Na pele dos homens. Quando aparece, o irmão patrão número um a olha com rancor, enquanto número dois lhe pergunta o paradeiro do motorista enviado ao aeroporto. Está de prontidão, diz Lucy, os convidados já desembarcaram e logo estarão a caminho. Número um diz que a recepção deve ser transferida para o portão de carga e descarga. Por segurança aquela área dos fundos tem de estar livre, os funcionários do setor de abate religioso estão dispensados por hoje. Comunique já o supervisor, ele diz, olhando com desconsolo o letreiro em neon vermelho instalado inutilmente na parede para a ocasião. A irrealidade da ausência de morte no matadouro.

Mais uma coisa, diz número um. Manda um desossador encher uma saca de ossos e distribuir pros mortos de fome lá da frente. Vamos dispersar logo essa renca.

O retângulo do portão da entrada principal do prédio sugere que já escureceu do lado de fora. Lucy hesita em obedecer às ordens, sob risco de ser tratada de forma ainda mais ríspida. Ouve gritos na guarita de entrada. Dá dois passos adiante, forçando a vista mais um pouco. No limite do umbral entre o pavilhão e a tempestade encharcando o pátio, vê, sob clarões de relâmpagos no céu, a multidão próxima à grade. Os gritos vêm de lá, misturados a latidos dos cães de guarda. Da massa se destacam dois olhos acesos pela fúria e uma voz acima das outras. A voz da mágoa. É a magarefe dos dois bifes. Quer comida para o filho. Não vai descansar.

O motorista já está com os convidados na van, diz Lucy olhando a tela do celular. Chegam em meia hora, se a chuva não causar problemas.

Manda o motorista entrar pelos fundos, diz número um.

Sim, senhor.

Falta pouco para terminar a última segunda-feira útil do ano. Amanhã é terça, a maldição vai ter acabado, diz a vibração da trituradora de ossos à planta dos pés de Lucy, enquanto ela caminha em direção ao setor de abate. Será que essa máquina é desligada nos feriados de fim de ano, é provável que nunca a desliguem, afinal osso não falta aqui. De onde se encontra, ainda pode ouvir o burburinho da multidão, a chuva percutindo no zinco do teto, e acima de tudo os berros da magarefe dos dois bifes, seus gritos de vamos invadir, de isso não vai ficar assim. De perto, pois a seguem a cerca de cem metros, assim como eles próprios são seguidos pelo chefe dos seguranças e dois capangas logo atrás, chega a discussão entre irmão patrão número um e irmão patrão número dois, o primeiro culpa pela distribuição de ossos o segundo, que culpa o primeiro por agendar a visita do comitê em dia de expediente da turcada.

Mão-aberta, diz número um. Filho de uma vaca.

Mão de vaca, diz número dois. Feto abortado de um cu.

O cinzeiro de ferro arremessado por número um contra o vidro do escritório da diretoria elevou a animosidade a nível jamais visto por Lucy, que segue caminhando, talvez mais depressa que o aconselhável para alguém de salto alto. Ela procura farejar seu animal à distância e sente apenas água sanitária no ar, o perfume de limpeza obliterando o do esterco, de sebo e sangue, e ao prosseguir vê somente divisórias brancas que cumprem a função de esconder de quem avança pelos corredores aquilo que se passa além delas, no curral em forma de caracol e no abatedouro. Se os muçulmanos não estiverem presentes quando o comitê chegar ao pavilhão, ela dificilmente viverá sua vida longe dali, ao lado do seu animal, então precisa encontrar o Cão o quanto antes, mas como, meu animal, pois se a turcada do abate foi dispensada, você e o Crente também foram, e agora. A porta que dá no setor de abate já está próxima, a vinte metros de distância.

A realidade se revelaria caso o matadouro viesse abaixo e suas vísceras fossem expostas. Essas divisórias branquíssimas fedendo a alvejante teriam de sair voando, assim como as lâminas de zinco do teto, as lâmpadas apagariam e os estilhaços seriam chupados pela pressão atmosférica. Os tijolos das paredes e o concreto do piso implodiriam, engolfados pela terra. As molas e engrenagens e os pistons da trituradora de ossos desmontariam sozinhos. Daí sim a realidade do matadouro iria se impor, sobraria apenas o que o matadouro verdadeiramente é: couro, sangue, músculo, víscera, osso, sebo, bosta e carne morta. E talvez restasse entre os escombros apenas o menino touro dos sonhos do Cão.

Lucy gira a maçaneta, entra na área dos fundos que leva ao portão de carga e descarga e segue até onde o Cão se encontra, sempre alheio, com as mãos apoiadas no poste do brete à espera de que o próximo boi entre para manejá-lo até a caixa de atordoamento. Do alto de sua cadeira de fiscal, o Crente observa Lucy dar pulos a fim de manter seus sapatos limpos, atravessando o setor de abate, e o Cão lhe estender a mão. Ela entrega a chave da gaveta da escrivaninha para ele e dá meia-volta, assoviando para chamar a atenção do supervisor muçulmano. Os demais abatedores deixam de trabalhar e observam a mulher.

Um desossador deve distribuir uma saca de ossos lá no cercado, diz Lucy. O patrão que mandou. Diz isso e olha para o Cão, que entrega a chave ao Crente.

Depois que ela assopra ao supervisor a ordem de encerrar o expediente e despachar os funcionários, Ahmed ergue os olhos da lâmina da faca que limpa com um escuro pano endurecido e a encara, com uma contração no maxilar.

Lucy pousa o indicador sobre a área da máscara que cobre seus lábios e segue para o portão dos fundos, no tempo em que os irmãos patrões surgem no corredor seguidos pelos seguranças.

Para o patrão, a última segunda-feira útil do ano sempre tem fim. Já o empregado se depara ao despertar com as grades quadriculando a folhinha na parede, com o xadrez da semana a ser vencido, um jogo de grades composto inteiramente de dias inúteis.

[...]

Um mês antes

A segunda-feira é antecedida pela bonança do domingo. Pelo prenúncio de tempestade, como se diz. Pela fúria represada no domingo.

 Sentado no barranco do rio, o Crente observa o fio d'água morrer no leito seco. Tem um gigantesco pneu de trator enterrado pela metade no barro endurecido: ESTONE, dá para ler na parte visível. Para além da margem reina a aridez que sucedeu o pasto que antes existia ali, quando o gado era criado solto, e as ravinas cavadas pela aração no terreno. Todas as coisas e seres estão mortos ou à beira de morrer e renascer, o céu encoberto de fagulhas e fuligem. Ele solta o nó da gravata do terno puído que conseguiu com o pastor, o suor do viúvo precedente ainda está impregnado nas axilas, nas nódoas do colarinho. No bolso do paletó tem um resto da mãozada de terra que inaugurou a sepultura de alguém. Olha a grossa camada de poeira sobre os sapatos e a barra das calças dura de lama. Acaba de vir do enterro da mulher, ao qual compareceu contrariamente à orientação dada pelo médico cubano. No te enfermes también, o médico disse, tu hija necesita de ti. Lucy e o Cão o aguardavam na porta do cemitério, mas ele os evitou e veio andando pelo caminho vicinal da cidade até o rio. No caminho, pensava na filha, que ao despertar não encontraria a mãe. Caso desperte algum dia. Os pássaros já não têm onde pousar, a não ser nos dois latões de óleo carcomidos pela ferrugem no barranco.

Reconhece os engasgos terminais do motor da Ford Pampa de Lucy na distância e logo as rodas da picape espirram a brita da estrada sem pavimento que traz até o rio. Do outro lado está o matadouro. Em definitivo, não se parece com uma escola, com um hospital ou uma igreja. O sol brilha nos rolos do arame farpado da eletrificação das cercas, o que o deixa parecido a uma penitenciária. O fedor de curtume empesteia o ar. Talvez se pareça a um hospício, mas o Crente nunca viu um. Ouve a dupla batida das portas da picape às suas costas, dessincronizadas por questão de segundos, e o ruído que o salto das botinas faz ao pisar no chão arenoso, como se moesse vidro. O matadouro não se parece com nada de bom.

Por que não esperou, diz Lucy, estávamos no portão.

Queria ficar sozinho.

Ao contrário de Lucy, que estaca de braços cruzados ao lado do Crente, olhando de tempos em tempos, com feição consternada, os fios soltos do terno do amigo, o Cão prossegue até a beira do fio d'água e pisa o leito do rio, revolvendo o barro em torno do pneu enterrado com a ponta da botina, revirando a terra com um graveto. Quando se encontra mais disposto a falar, o Cão diz que aquele rio tinha o mesmo traçado da linha da vida na palma de sua mão direita. Agora permanece quieto, enquanto observa o zinco do teto do matadouro refletir na distância uns brilhos mínimos e outros mais fortes, nos quais vê coisas. Sinais. Não gosta de cemitérios, nem de ver o sofrimento do amigo.

Tivemos uma ideia, diz Lucy. Queremos falar com você.

Uma ideia, diz o Crente.

Você ficou amigo do Ahmed, não ficou.

A gente troca uma ideia.

Lucy conta o que ouviu na sexta-feira no escritório da administração. Em breve ninguém da cidade terá mais vez no CRS. Pouco importa de onde vem a mão de obra, aos patrões interessa apenas o contrato estabelecido com a Associação Comercial Islâmica, a turcada que vem com subsídio na mão. E agora também querem exportar carne kosher: o irmão patrão número um anda estudando as exigências do mercado. Tem visita agendada do adido israelense para daqui a um mês. Ela explica a ideia. A ideia de um louco ou de um desesperado. O que o Crente não daria para ouvir o que sua mulher ia dizer sobre tanta ideia. Deus e a misericórdia e os caminhos tortos que não levam a lugar algum. Ela não aprovaria. Abate religioso, pois sim.

O que acha, dá pra convencer o Ahmed.

Esse pessoal matou a família dele. Nem vou desperdiçar saliva falando em dinheiro.

O Cão sai do leito do rio e vem na direção dos dois, arrastando as botinas no areão. Passa direto por ambos sem dizer nada. Vai até a Ford Pampa, desata parte da lona de proteção e revira as tranqueiras lá de dentro, que se chocam contra o fundo da caçamba, produzindo barulho.

E como foi que o doido aí pensou nisso, diz o Crente.

É só no que pensa, diz Lucy. Em coisa estranha.

O Cão encontra o que procura: a cavadeira articulada do pai de Lucy, um garimpeiro que morreu anos atrás mijando sangue de tanto inalar vapor de mercúrio. Depois percorre o caminho de volta até o pneu atolado no leito do rio e começa a cavar o barro ressecado pelo sol, rígido como pau, pressionando com a sola da botina a cavadeira contra o solo duro com dificuldade. O empenho colocado na tarefa, uma tarefa encomendada não se sabe por quem, se por sua parte homem ou por sua parte touro, leva a crer que ele espera encontrar algum baú cheio de joias esquecido. As costas de sua camisa não demoram a encharcar de suor e a poeira sobe. Talvez o tesouro seja só o pneu, talvez não.

Isso aí me fez lembrar da fuga dele com a noivinha, diz o Crente. Com a novilha.

Conheço a história, diz Lucy.
Não conhece inteira.
Me conta.

Quando os dois eram meninos, mais de trinta anos atrás, capangas do pai dos irmãos patrões passaram a roubar a pequena criação do tio do Crente, invadindo a estrebaria no meio da noite, causando terror. Sua intenção era obrigar o tio dele a vender o gado e o açougue. Procederam da mesma forma com outros pecuaristas, até conseguirem ser donos de todo o gado da região. Então fundaram o matadouro e o frigorífico. Uma vez os capangas arrancaram pedaços do lombo dos bichos vivos, algo que o Cão viu, pois escapuliu da cama de madrugada ao ouvir barulho no curral. Estava com febre naquela noite em que encontrou a novilha descarnada, e piorou na manhã seguinte.

Não fosse a tia cuidar, diz o Crente. Acho que morria.

No dia seguinte, ainda doente, o Cão sumiu da casa. Ninguém o encontrava, pelo pasto, no silo, nos fundos do açougue onde os bois eram abatidos ou nos mourões do curral e da estrebaria, seus postos de observação do mundo em espiral dos bois. A novilha, que estava ferida e meio desenganada, quase a sacrificam, também desapareceu. O Crente desconfiou, mas não disse nada ao tio. De início, pensou em procurá-lo na figueira-branca na beirada do São Lourenço: a toca secreta do Cão. Depois preferiu esperar o amigo voltar. Coisa que aconteceu uma noite após o seu sumiço: apareceu desfalecido na bostalha embarreada do curral. Ninguém nunca teve certeza de onde o Cão esteve, nem ele chegou a revelar. Sua febre estava no limite, tremia de bater queixo, e penou para ficar totalmente bom. Pneumonia. Apesar das piadas recorrentes do Crente nas semanas, meses e anos seguintes, até hoje o Cão sempre desconversa se tocam no assunto. Ele foi encontrado num cocho logo que nasceu, e o tio do Crente sempre dizia que tinha sido parido ali no curral por uma vaca: como um bezerro recém-nascido, com a pele recoberta de lama, esterco e capim. Quando sumiu e o acharam daquele jeito no mesmo canto, o Cão meio que nasceu de novo.

E a novilha, diz Lucy.

Ele nunca contou o que aconteceu. O tio acabou pensando que foi afanada pelos capangas do frigorífico.

Com lama pelos joelhos, o Cão parece prestes a desencavar o pneu, que começa a ceder um pouco, enquanto o empurra com os dois braços fazendo força. Tem lama até as pálpebras, e Lucy imagina a sujeira que fará no banco da picape na volta para casa. Meu animal não se comporta, o meu animal. Um touro assustado, impossível saber seu próximo passo.

Acha que Ahmed convence os outros, diz Lucy.

Sim, diz o Crente. Metade dos abatedores vem da terra dele. Os turcos que se entendam.

É verdade que limaram os chifres dele ao nascer, diz Lucy apontando o Cão e sorrindo.

Claro que não. É por isso que ele nunca aparece no aniversário da afilhada, diz o Crente. As bexigas estouram quando ele passa debaixo delas.

Nós vamos embora, diz Lucy. Você e sua filha também.

Afinal o pneu se solta do solo e tomba para o lado. Lucy bate palmas e grita, viva. Observando dois urubus baterem asas dos latões de óleo no barranco, o Crente pensa para onde todos iriam, que lugar poderia abrigá-los neste mundo. Se saberiam viver em outro canto, onde os quarteirões não estejam repletos de açougueiros afiando suas facas, palitando dentes e lamentando o tempo que passa, levando a realidade para uma parte mais instável em que não conseguem mais sobreviver e resta apenas a dor de continuar sem propósito. Talvez a filha possa conceber um mundo no qual ele se encaixe. Nunca poderá saber disso se não tentar. Sim, a mulher aprovaria esse pedaço do plano: o pedaço em que ele e a filha vão embora daquele cemitério de vivos. O pedaço em que não voltam nunca mais.

   Sim. Vamos.

   Dentro do buraco antes ocupado pelo pneu, o Cão continua a forçar a cavadeira fundo com a ajuda dos calcanhares. Do barranco onde está, o Crente já o vê somente pela metade, da cintura para cima, as mechas do seu cabelo preto duras de barro. Até que do fundo do buraco jorra lama. Lembra uma fonte de praça, porém sem luz nenhuma. Sem brilho algum. É um jato vertical e mirrado que sobe um metro acima do chão, e aos poucos ganha força e vai se tornando límpido, à medida que cai sobre a cabeça do Cão, limpando seus cabelos da lama, enquanto Lucy solta uns gritinhos de satisfação e o Cão sorri um sorriso desfalcado e meio sem graça, algo que não tinha feito desde o dia em que saiu da cadeia.

                                 [...]

E nisso estamos.

Sempre tão violentos, e com extensões duras que empunham na ponta de seus estranhos cascos, cujas cinco extremidades finas se abrem como as pernas de uma aranha para oferecer a morte. E não expressam nada ao fazê-lo, não gritam nem lamentam, apenas rezam a um deus invisível ou cantam no escuro, mas só quando estão sozinhos.

Exilam-se em lugares onde nada existe de natural, habitam abstrações que chamam de cidades. Caixas sobre caixas sobre caixas. Mais certo seria dizer que se isolam, se ilham em hábitats sem saída. São porções de solidão cercadas por mares de concreto de todos os lados. Ali, longe da natureza, vagam de uma caixa a outra à procura de não se sabe o quê, perdidos na própria casa.

Às vezes, quando são ligeiramente superiores a seus semelhantes, quem sabe mais sensíveis ao chamado da coisa exterior, a ouvirem o que nós dizemos, plantam em pequenos nichos reproduções em miniatura daquilo que destruíram: flores, plantas, arbustos.

E quando se sentem absolutamente sozinhos, falam com essas plantas. Apenas em desespero admitem que não suportam a solidão. Quando as plantas respondem, porém, já não estão mais lá para ouvir a resposta.

Não percebem que são máquinas de carne como nós. Fomos colocados antes deles nestes recintos onde somos amamentados, alimentados e moídos sem ao menos conhecermos a luz do sol. Nossas patas não tocam mais o chão de onde nasce o capim que preenche o pasto. Nas centenas de quilômetros que nos rodeiam, onde campeia o maquinal, só existem os grãos plantados para nos alimentar. O que há tempos é feito com nós, também é feito com eles, que no entanto não percebem.

Em sua constituição mental são mais parecidos conosco do que com qualquer outra espécie. Em breve também serão matéria-prima. Serão carne embalada em plástico e isopor sobre a qual já não resta nenhum resquício de morte, dispostos lado a lado sob a luz gélida dos refrigeradores.

Parte homem e parte touro. Não mais Alistério e sim alistérios. Milhões, bilhões, às manadas. Abrigo seguro para o matador é se esconder no matadouro. A dor moral do extermínio quem paga são eles, pois só eles sobrevivem.

Nunca vimos a lua subir, pois estivemos sempre confinados ao curral.

Nunca vimos o sol nascer, pois o sol não nasce no matadouro.

Nunca vimos um céu claro, pois sempre andamos cabisbaixos.

Nunca recebemos nossos filhos de volta depois que os levam.

Nunca devolvem nosso leite depois que o roubam.

Nós os confundimos conosco, pois desde sempre estivemos cegos.

E assim mesmo continuamos aqui, e sentimos o vento que vem do alto e o cheiro que vem de baixo, da terra. O matador se tornando aquilo que mata. Parte matadouro e parte labirinto. Parte homem e parte touro.

Ninguém nunca ouviu essa história do nosso ponto de vista.

Em todos os lados, nas cidades e no campo, nos supermercados e nas plantações, exceto os santos ou quase santos, as crianças e os idiotas, como esse que nos guia através do curral circular, e portanto estão mais expostos àquilo que dizemos, porque o conhecimento real que eles têm de sua própria miséria deixa o nosso abate quase intolerável, não existe quem nos ouça.

O touro pensa que o matadouro é o labirinto e o homem é o minotauro. Assim, ao touro, só lhe cabe o papel de homem.

Ninguém nunca ouviu essa história.
A história do minotauro do ponto de vista dos bois.
Nós não fazemos nada além de comer o que nos dão e tramar nossa vingança.
E nisso estamos.
Nesse trabalho de tocar, provar, ouvir e ver o mundo.

[...]

Quatro e quarenta e nove da tarde

O desossador recolhe os ossos mais magros da caçamba que alimenta o digestor industrial para distribuí-los entre os famintos. Esqueletos de dieta, ele cantarola para os colegas segurando uma tíbia como microfone, chacoalham na bicicleta. Hoje nada de refeição completa. De saída para o estacionamento onde o ônibus os espera, os demais funcionários do setor de desossa aplaudem e soltam apupos, à medida que o desossador se afasta na direção contrária com a saca de ossos nas costas e a tíbia na mão, fazendo micagens. Suas roupas de Papai Noel parecem meio sujas de sangue, pensa o Cão enquanto o segue. É a última vez que Papai Noel distribui um presente macabro. Se existe algo sem limite é generosidade de patrão.
 Antes que ele saia no rumo do cercado onde os miseráveis se agitam, o Cão o aborda com um tapinha no ombro, um gesto afável, pois se conhecem dos mil buracos da vida. O desossador foi seu cliente antes de entrar em cana. Chegado na coisa.
 Vou pro mesmo lado, diz o Cão estendendo um cigarro, fuma isso aqui e relaxa que faço o serviço pra você. Diante da hesitação do sujeito, aponta o filtro do cigarro. Tá batizado, fica de boa ali no fumódromo. O chefe nem vai notar.
 Os olhos do desossador brilham de tanta ilusão.
 Assim que ele aceita o cigarro e a porta se fecha, o Cão dá meia-volta com a saca de ossos para o setor de abate, de regresso ao digestor industrial, passando diante da porta do vestiário em cujo interior os abatedores muçulmanos se ajoelham,

espichando-se para a frente na sua reza. A última oração da última segunda-feira útil do ano, só que dessa vez os tapetes estão enrolados ao lado, e não debaixo deles. Somente alguém familiarizado com seus hábitos religiosos perceberia esse detalhe. Ahmed está com os colegas e em pleno pecado, pois é o único a perceber o Cão de passagem. Não reza, mas tem o pensamento em Alá. Os dois trocam olhares. Em nome de Alá, o mais bondoso, o mais misericordioso.

O Cão deposita a saca no piso do setor de desossa já desocupado pelos funcionários, apoiada na parede. Mas a saca desliza e os ossos se esparramam pelo piso em tal disposição, ossos magros formando um enigma, vértebras e úmeros, o garrão do boi: suerte ou culo. O garrão faz com que se lembre do jogo de osso, a diversão preferida dos peões do tio do Crente, muitos anos atrás. Ele passa a se lembrar: a chuva cessa, é um dia ensolarado, o choque dos ossos arremessados pelos peões na cancha ecoa ao longe enquanto ele caminha através do pasto, as águas do São Lourenço voltam a correr e os raios de luz batem de chapa na superfície. Está com a novilha na beira do rio, ela o segue até o esconderijo secreto de sua infância, para onde a levou. Faltam nacos de carne no lombo dela. É a manhãzinha após o ataque dos capangas à criação do tio do Crente, naquela noite de trinta e cinco anos antes. Apesar das feridas, ela sorri, e o sorriso dela brilha como a correnteza sob o sol. O Cão também está ferido, sua camisa empapada do sangue que lava o capim e as dálias do campo. O sangue reluz nas flores com um vermelho muito vivo. Ele é adulto, tem sua idade de agora, não é mais o menino de antes. Apalpa o furo na barriga e observa a mão cheia de sangue. A figueira-branca balança no centro da clareira e a mata ao redor acena com o vento. A dor passa, ele sente apenas uma melancolia parecida com a fome. Ouve as vozes, o coro que fala aos seus ouvidos. As vozes começam a chamá-lo, elas têm um plano, o plano envolve o Cão, que deve

sair dali nesse instante e realizar o que prometeu àquelas vozes, que cochicham nos seus ouvidos. Ele ouve as vozes. Faz tanto tempo e
    não tem mais olhos.
            Nem ouvidos.
                Nem nariz.
            Nem língua.
          Nem corpo.
            Nem mente.
        Nem velhice.
            Nem morte.
Também não existe extinção
      da velhice
          nem da morte.
Não tem mais sofrimento.
            Nem causa do sofrimento.
Nem extinção do sofrimento.
              Não existe sabedoria.
      Nem nada para ser obtido.
            Então vem, meu animal,
                        ele ouve,
                vem, meu animal,
                  e o Cão pisca os olhos.
Quando os abre, a ossada da novilha se esparrama aos pés da figueira-branca, no chão do abatedouro, da lonjura da planície vem o som dos garrões de boi sendo arremessados pelos peões, a canção dos ossos, gritos de vitória e xingamentos, o capim quase a cobre por completo, o passado e o presente se misturam, seus ossos magros formam um enigma. Um jogo de osso: suerte ou culo. Abre suas mãos e agora são pequenas, as mãos de um menino. Ainda sem os calos da vida. Sem as cicatrizes do tempo. Apenas lascas dos ossos dela aparecem aqui e ali no terreno, ossos magros esparramados entre cogumelos

brotando e o pranto da chuva. Já se foi. Então pisca os olhos outra vez e ao abri-los, ela está ali de novo. Começa a gemer. Deita-se devagarinho, suas patas traseiras cedem. O Cão a ajuda com suas mãos de menino. Ele sente a febre lhe mastigar as entranhas, algo devora o seu estômago. O chumbo. O fim está chegando. Ela se deita parecendo galopar, seu focinho aponta para o pasto de onde veio. Agoniza. Para onde nasceu e viveu por pouco tempo. Fiel à paisagem circular do Mato Grosso. Fiel a si mesma. O corpo dela estremece uma, duas vezes e ela morre. Em fuga, de volta ao lugar onde nasceu, sofreu e morreu.

O Cão esfrega as pálpebras e os ossos estão esparramados no piso do abatedouro. Ele os recolhe de novo na saca e a dispensa no digestor industrial. Ignora as vozes e se esconde detrás da bancada do setor. Decide aguardar.

Suerte ou culo.

[...]

Uma semana antes

Fantasmas de calor dançam no asfalto, que parece molhado. A velha Ford Pampa passa ao acostamento e entra chacoalhando no posto Texaco fechado anos atrás, espirrando a brita quase encoberta por carrapicho; suas rodas espantam os gatos que vivem ali, em cima das bombas de gasolina e dentro dos tanques de óleo corroídos. O Cão desliga o carro e fita a estrada à espera de alguém. O calor esquenta o asfalto e o ar próximo do solo tremula. No entanto, a camada de ar que fica a alguns metros do chão permanece fria, daí a miragem. Foi o que o tio do Crente explicou um dia. Mormaço. O suor banha seu pescoço. Ouve barulho de vidro pisoteado no interior da loja. Alguém o escutou chegar, tem um pessoal que ainda pipa por ali. Abre a porta, vai até a caçamba e alcança uma pá. Depois dá a volta na borracharia, onde percebe um vulto se esgueirando contra a parede preta de graxa. Mas, a não ser que esteja tão imundo a ponto de se confundir com a graxa, não tem ninguém no lugar. Outra miragem. Nos fundos do posto, ele se acocora através do arame farpado, cinco passos além do mourão marcado com um xis à faca, e começa a cavar. O chão é duro e ressequido. Poderia ter enterrado no quintal de Lucy, por um lado seria mais seguro, mas por lá o terreno é pantanoso. Não demora a remover a bolsa de lona enrolada num saco plástico. Tudo certo, não mexeram no conteúdo.

O Cão joga a pá na caçamba, causando um estrondo, volta para a Pampa e acende outro cigarro. No retrovisor, vê o rastro de poeira subindo no caminho de terra paralelo à rodovia e o reflexo do sol no capacete. A moto faz barulho e para ao lado da porta do motorista onde ele a espera.

Desculpa, diz a colega de Lucy. Está com a roupa do trabalho no aeroporto. Chefe no pé, não rolou de vir antes.

Tá limpo, ele diz. Quer cigarro.

Ele estende o maço, ela olha meio torto e diz que não e pergunta se está tudo certo, precisa ir embora. A mãe a espera para a janta. O Cão olha bem nos olhos dela, lacrimejantes por causa da poeira. Olha de um jeito meio desconfiado e pergunta se ela vai cumprir o que combinaram. Se não vai pisar na bola com ele. Se está ligada na importância daquela parada.

A gente é amigo, ele diz. Não é.

Vai logo, porra, se não a velha me torra a paciência.

A colega de Lucy diz isso e tampa o visor do capacete de novo.

O Cão passa a bolsa de lona para ela.

Ela dá uns tapas na bolsa, que solta nacos de terra. Depois atravessa a bolsa no tronco, assim para a frente. Na altura da barriga. A alça deixa uma mancha marrom no tecido da blusa.

Vai sujar meu uniforme todo. Só tenho esse. Não podia ter limpado, não.

O Cão estende umas notas amassadas, dizendo que tem quinhentos contos naquele bolo.

Pra ajudar a velha, diz. Ou pra tomar uma. Você decide.

A oitenta cilindradas custa a dar a partida e quando sai para a rodovia, solta uma grossa fumaça preta. Motor dois tempos, ninguém mais fabrica isso daí. Teve meia dúzia de donos nos últimos trinta anos, passou pela mão do distrito inteiro. Como pode rodar até hoje. Um prodígio.

Novos barulhos de vidro pisoteado vêm do interior da loja do posto, um lugar que ele e o Crente visitaram uma e outra vez com o tio, que abastecia a caminhonete ali, o tio do Crente, e bem de vez em quando comprava picolé para os dois. O barulho agora lembra uma janela sendo estilhaçada, só que não resta nenhum vidro inteiro naquele lugar. Mesmo se tivesse, daria para onde. Para o deserto. Uma janela para o nada.

Ele pensa no amigo. Como vai criar a filha sozinho neste mundo que não gira mais. Neste mundo estático. Uma filha adoentada, ainda por cima. Ninguém sabe o que essa peste vai deixar nas pessoas, como elas vão ficar. Se ficarão bem. Decide que o Crente precisa de uma nova mulher. E Lucy não merece ficar sozinha, não ela, que sempre foi sozinha a vida toda. Gostaria de poder prever o futuro, saber o que acontecerá daqui a algum tempo. Mas, se pudesse, isso lhe tiraria a coragem. Talvez o impedisse de concluir aquilo que precisa executar.

Começa a anoitecer. Da loja do posto vem um estrondo. Parece que agora demolem a parede dos fundos a marretadas. O Cão dá partida e arranca para a rodovia, cuspindo poeira.

[...]

Quatro e cinquenta e seis da tarde

O ônibus de transporte dos funcionários entra pelo portão de carga e descarga e estaciona, permanecendo com o motor ligado diante da plataforma. A chuva se converte em vapor ao atingir o capô, soltando nuvens que logo somem. Abraçada à pasta de memorandos, Lucy observa o motorista se debruçar sobre o volante, alongando a coluna. A água quase cobre o pátio dos fundos do matadouro. O motorista se aprume outra vez e aponta o queixo interrogativo para Lucy, que lhe devolve de longe um aceno para que aguarde. Ela dá meia-volta no sentido do interior do prédio e se depara com o patrão número um, com a irritação denunciada por seus braços cruzados para trás enquanto caminha para lá e para cá, na frente dos seguranças enfileirados à espera. Número dois aparece no corredor, dizendo que agora os abatedores estão orando no vestiário. Como é possível. Número um ergue os punhos para o alto e urra como um animal preso numa armadilha instalada dentro da própria cova. Já o seu irmão ordena a Lucy que convença a turcada a entrar no ônibus naquele instante, senão todos serão demitidos. Ela também.

Lucy atravessa o setor de abate deixando para trás as vozes dos irmãos patrões que se insinuam por seus tímpanos, abafadas, varando seu inconsciente, apenas a grave vibração de vozes masculinas disparando o alarme de cada um dos seus sentidos. O setor se encontra vazio, o piso lavado e sem resquício de sangue exala água sanitária, o que indica que o Cão e o Crente, também responsáveis pela limpeza, nesse momento devem estar no andar superior a caminho do escritório da diretoria, como planejado. Cinco passos atrás de Lucy, a presença do chefe dos seguranças traz o peso de um corpo massivo se movendo, arrastando calcanhares dos coturnos no rastro dela, vá e os obrigue a entender o que ela ordenar, disse o irmão patrão número um, não volte sem tê-los enfiado naquele ônibus nem que seja à força. Enquanto caminha, Lucy confere nova mensagem do motorista da van que leva o comitê até o matadouro: estão parados na estrada, a tempestade inundou o asfalto, o que impede a passagem. Aguardamos a água escoar um pouco, diz a mensagem, para não ter perigo. Sente uma mão enluvada do tamanho de um guindaste pressionando seu crânio, a mão do chefe dos seguranças, e os seus miolos vazam pelos ouvidos. A massa cinzenta goteja na ponta dos sapatos brancos de salto, e logo cobre seus tornozelos. Ela verifica a ponta dos pés ao apertar o passo e os sapatos continuam limpos.

No interior do vestiário, os abatedores estão ajoelhados diretamente no piso, entre eles o supervisor, seus tapetes enrolados dispostos ao lado de cada um deles. A distribuição tão geométrica dos corpos debruçados, tudo em ordem como se a véspera do caos já não estivesse instalada no matadouro. Ela só quer a maior distância possível do seu lugar de origem, assim como o Cão e o Crente, sair do lugar em que nasceu e ao qual foi confinada desde que lhe deram um nome, um nome que não escolheu. Mas agora tinha o nome que desejava e foi seu animal quem a batizou em definitivo e pela última vez. Lucy chama os abatedores muçulmanos, dizendo que o ônibus os espera e ainda terão tempo para a oração do Maghrib ao chegarem em casa. Nas suas casas, ela hesita ao repetir a frase. Ahmed é o único a alçar os olhos para Lucy. Ao contrário dela, do Cão e do Crente, aqueles ali só desejam voltar para casa, mas que casa, não resta nenhuma casa para onde um palestino possa voltar. Ela se lembra da filha do Crente: se voltarmos para casa, a gravidade transformaria nossos ossos em miojo. É melhor ficarmos por aqui. Os tapetes enrolados em vez de serem utilizados para a oração não constituem um detalhe, mas algo fundamental. Uma parte do plano do Cão.

Da porta, com o fuzil apontado para os abatedores muçulmanos, o chefe dos seguranças ordena que saiam e rumem para o ônibus. Os homens se erguem, recolhem seus tapetes enrolados e vão saindo em direção ao portão de carga e descarga. Olham com certo desdém para a máscara do chefe dos seguranças, para os pelos duros de sua barba furando o tecido, como se também não entendessem os gestos dele, e a comunicação estivesse restrita apenas à arma apontada, uma linguagem a que estão acostumados desde o nascimento, lá na casa de sua origem para onde um dia gostariam de voltar, mesmo sabendo que isso nunca irá acontecer.

Ahmed passa por Lucy sem lhe dar atenção, e vai arrastando as botas brancas de borracha pelas poças d'água no piso da área de abate, negligenciando a ordem para saírem pelo portão, tornando a saída irremediavelmente lenta e impossível a ponto de enfurecer o chefe dos seguranças, que se adianta e lhe dá um empurrão nas costas, forte o suficiente para que Ahmed quase caia, mas não para ele atingir o piso. Com os joelhos ainda dobrados, Ahmed saca do interior do tapete enrolado a sua faca de abate, gira sobre o próprio eixo num só movimento preciso e passa a lâmina na garganta do chefe dos seguranças, cujos olhos permanecem arregalados enquanto lhe resta apenas o tempo de levar as mãos ao pescoço, do qual esguicha um jorro de sangue.

Os demais abatedores arrastam rapidamente o corpo do chefe dos seguranças pelas pernas até a caixa de atordoamento usada no abate dos bois e o deixam lá, sob a lona que arrancam de cima da bancada, enquanto Ahmed liga a mangueira e limpa o rastro do cadáver, empurrando o sangue com o jato de água até a canaleta.

Lucy se dirige de volta à plataforma onde os irmãos patrões a aguardam. Ao lá chegar, ela acena para o motorista do ônibus, indicando que siga para o portão central. Com o atraso do comitê, o chefe dos seguranças acha melhor que a turcada saia por lá, Lucy diz ao irmão patrão número um, assim evitamos problemas, ao que ele assente, desconfiado.

Quando abaixa a cabeça, ela percebe uma pequena mancha de sangue na ponta de um dos seus sapatos que manteve imaculados até agora há pouco, mesmo circulando ao longo do dia todo por áreas imundas do matadouro, áreas cobertas de sangue de animais, a qual agora carrega não somente como a marca humana que é, mas também como a prova de um crime.

[...]

Um dia antes

A luz da varanda pisca, acendendo aos trancos, e o Cão abre a porta para o Crente, que aguarda ali fora, em pé sobre o mato que cobre o que antes era o jardim da casa. Além de onde está, a rua de terra se estende até emendar com o descampado. Com as mãos na cintura, o Crente olha para cima. Parece insatisfeito, um passageiro na plataforma à espera de um trem com atraso ou de um aguardado eclipse encoberto pela neblina. Até que a lua afinal sai de trás das nuvens, banhando de púrpura o grisalho do seu cabelo.

Vai chover, ele diz.

Entra, diz o Cão erguendo o copo de pinga.

Não, preciso passar no hospital.

Assentindo, o Cão some dentro da casa, deixando a porta entreaberta à sua passagem. Do interior, iluminado apenas pelo abajur do quarto, vem o chiado do rádio do pai de Lucy tocando uma guarânia antiga. Ele volta em seguida com o saco plástico preto na mão e o estende ao Crente.

Será que isso funciona, diz o Crente pegando o pacote. O velho guardava faz tempo. Nem garimpava mais.

Sem prazo de validade, diz o Cão. Nada de visitar a menina carregando essa merda.

Largo em casa. Pego de novo antes de tomar o ônibus pro serviço.

O azulado da lua some assim que nuvens de chuva obstruem a passagem da luz. O rádio solta um estalo ao ser desligado, uma porta bate, a quietude retoma seu lugar. Só então se ouvem as rãs no brejo dos fundos da casa, sua cantoria de acasalamento, pouco se importando com o dia de amanhã. Com o destino.

Acha certo fazer isso com o Ahmed, diz o Crente.

O Cão senta nos degraus e acende um cigarro. A chama do fósforo rabisca o mormaço, depois resta apenas a brasa pulsando a cada tragada, marcando sua respiração e a morte de cada segundo que expira, cada final, cada sopro de ar. Lucy aparece e apoia o ombro direito no batente. De braços cruzados, lânguida, à espreita da lua. Ela descalça, o Cão na escada e o Crente ali parado na boca da noite. A lâmpada do poste na frente da casa continua queimada, não adianta pedir a troca. Nenhum funcionário da prefeitura atende.

Mataram a família dele, diz o Cão. Esse povo se odeia. Vamos em frente e reza pra menina acordar.

Pode ser que não acorde.

Vai acordar.

Já faz uma semana que desintubaram ela.

Se não acordar, leva embora assim mesmo.

O Crente concorda e se vira para o descampado. O luar perfura as nuvens e se projeta sobre uma faixa do terreno. Nenhuma árvore no horizonte.

Lembra da flor do manacá e do ñandubay no verão, ele diz. Branca e roxa.

Não consigo esquecer, diz o Cão.

E o que a gente faz com essas palavras que dão nome pra coisas que não existem mais.

Devemos esquecer delas.

E por quê, diz o Crente se virando para o amigo.

Porque não servem mais pra nada.

Com o saco pendendo na mão, o Crente acena em despedida e some na rua de terra. Como tem carteira assinada, não será revistado ao entrar no serviço, ao contrário do Cão, por ser temporário, e de Lucy, funcionária da administração. O velho vigia costuma ser displicente ao examinar a bolsa dela, mas é melhor prevenir. Da outra esquina vêm um estouro de escapamento e um grito. Alguém passa de moto e cumprimenta o Crente, gritando seu apelido. Lucy sabe que ele vai passar mais uma noite ao pé da cama da filha no hospital, mesmo sabendo que seria bom estar desperto e lúcido no dia seguinte. Ela entrelaça os dedos no cabelo crespo do Cão e o convida para dentro, hora de comer alguma coisa e dormir. Mas Lucy também sabe que o Cão não vai dormir, como quase não dormiu na noite anterior, preferindo falar sobre Temple Grandin e Sidarta Gautama e os caminhos circulares a que todos estamos presos, os currais em forma de caracol que dão forma ao mundo, os labirintos e os matadouros. A paisagem redonda. O sutra do coração.

Vem, vamos.

O calor aumenta, aleluias circulam em volta da lâmpada da varanda que pisca aos trancos, deixando Lucy meio tonta. O Cão observa os insetos se chocarem contra a luz, enquanto gotas de suor escorrem por sua nuca.

As batatas douram no óleo e antes que escureçam ele joga os ovos batidos na frigideira e o odor adocicado da cebola sobe de uma vez. Seu semblante é triste, os olhos brilham sob o vapor. Comem a fritada com arroz e o agrião que ainda brota nos fundos da casa, sobra da horta do pai de Lucy. Cria do brejo, dizia o velho, só tenham cuidado com os caramujos. A esquistossomose. As malditas espirais se espalham por todos os lugares. Todas conduzindo ao mesmo ardil.

No livro de Temple Grandin, o Cão diz a Lucy com sua voz de madrugada, o tom que usa para falar de assuntos que ela finge compreender, os bois acompanham a rotação da Terra. São os bois que fazem a Terra girar.

Ele diz isso sem rir, o que a deixa meio perturbada. Gostaria de levá-lo para a cama nesse instante, de lhe dar um bom remédio que o tirasse de suas convicções. Ao menos ele podia rir, ao dizer essas coisas. Não precisam de dinheiro, precisam apenas um do outro, e de cair fora dali. Podem desistir agora mesmo e pegar a estrada. Às vezes Lucy pensa que talvez um tapa o faça retornar à razão. Ela só precisa do seu animal, mais nada. Ir embora.

Fazem isso porque não têm saída. Cumprem seu destino resignadamente, em silenciosa paciência, seguindo adiante as trilhas que já não vemos mas que eles ainda veem. É como se atendessem a um acordo estabelecido faz tempo. Longe do pasto estão impedidos de fazerem o mundo girar. Rompemos o acordo, entende. Traímos eles. E o mundo parou.

E se nos machucarmos amanhã. E se você se machucar.

Ele negaceia, sua cabeça projeta sombras contra a parede, sombras de um vulto que não parece o dele. Fica longe do Ahmed, diz o Cão. Vá para a administração assim que o comitê chegar, como combinado. Vai com o Crente.

Você vem comigo, diz Lucy. Amanhã. Não vem. Fala.

Ele pega o maço de cigarros sobre a mesa e caminha até a janela, acende um cigarro e abandona o maço em cima do peitoril. Gostaria de saber o que vai acontecer amanhã e responder à pergunta de Lucy, mas o amanhã ainda está para acontecer, não existe nenhuma resposta possível agora, apenas possibilidades. Atravessar a dor sem dar por isso. A filha do Crente irá emergir num terreno invisível. O comitê comercial vai pousar no aeroporto sem nenhum imprevisto. Os seguranças deixarão o escritório da administração no horário da chegada do comitê. Ahmed irá cumprir com sua palavra. E esse calor será só uma antecipação da tempestade, um tira-gosto. Não sabe dizer. Tudo depende do que está dentro do saco plástico preto que entregou ao Crente, no fundo não faz ideia se existe mesmo prazo de validade para aquilo. Como disse o Crente, o pai de Lucy não garimpava mais. E já faz tempo que ele morreu.

Lucy se aproxima por trás dele, enlaçando sua cintura. No que o seu animal estará pensando, na resposta que lhe deve ou no dia de amanhã. Pouco importa, na verdade, ambas as possibilidades tratam da mesma coisa. E sabe que vai seguir sem obter notícia do que os músculos do coração dele moem e remoem, da besta negra que percorre agora os corredores do seu cérebro a todo o galope, em direção à saída do labirinto. Só lhe resta esperar.

Mais tarde, deitada na cama, Lucy ouve o Cão se mover no banheiro. Um baque no piso, depois silêncio. Passa das três da manhã, lá fora o mormaço expande suas ondas. Ela sente nas costas o lençol úmido de suor sem ter certeza se dorme ou não, se sonha ou simplesmente vê. Dois ossos despontam na testa do seu animal, um de cada lado, enquanto seus cascos deslizam nos azulejos escorregadios do boxe, ensaiando seus primeiros passos em liberdade. Um ator mudo. Um futuro santo inebriado pela ideia do sacrifício.

[...]

Cinco e dezesseis da tarde

O patrão número um acaba de perguntar a Lucy onde se meteu o chefe dos seguranças, quando a Mercedes-Benz Sprinter com os visitantes surge no lamaçal da entrada do CRS. Lutando contra o vendaval que campeia pelo terreno sem o anteparo da mata, o filho idiota do velho vigia aciona o portão de carga e descarga e a van entra pelo pátio, dirigindo-se à plataforma onde os irmãos patrões a aguardam. Escurece de vez e os postes são acesos. Sob a marquise que cobre a plataforma, Lucy, com uma das mãos acima dos olhos para enxergar melhor através do vidro, perscruta os passageiros que se mesclam aos reflexos e à chuva no insulfilme das janelas, resultando em figuras líquidas feitas de mercúrio.

Não faz frio, pelo contrário, mas a umidade e o vento na plataforma levam Lucy a bater o queixo. Ahmed e os abatedores não devem continuar no setor de abate, é o que espera. Talvez tenham se misturado aos demais funcionários do matadouro que agora, no fim do expediente, saem sob o aguaceiro em direção ao ônibus no estacionamento, além da horda que acossa o portão. Talvez tenham desistido. Precisam voltar. Ela trava os dentes, o tremor persiste.

Os convidados sobem a rampa da plataforma, agora com traços visíveis, sendo recebidos por número um com reverências talvez adequadas a visitantes do Japão, enquanto número dois pede desculpas pelo mau tempo, ainda que não tenha ingerência sobre o assunto. Sentem-se seguros a ponto de não usarem máscaras. Mas três ou quatro doses da vacina não garantem a salvação de ninguém.

   O adido para assuntos militares se destaca do grupo e espera no vão da entrada do prédio o chefe dos seguranças a fim de proceder à verificação dos setores; ainda retendo a mão do representante comercial no cumprimento, número dois lamenta que o responsável esteja ausente, mas sua secretária pode orientar a verificação, ele aponta para ela, ao que Lucy titubeia, apenas por um segundo, pois tem os olhos voltados para o último passageiro que sai da van com dificuldade devido à sua corpulência, um homem vestido de negro do chapéu peludo às botas de couro que logo escalam a rampa em passos largos. O adido comercial apresenta o homem como sendo o shochet, abatedor religioso encarregado de vistoriar o matadouro kosher, e Lucy nota a chalaf curva pendendo na bainha em sua cintura. Ao cumprimentar número um, as próteses metálicas nos dentes cinzentos do shochet cintilam. Parecem agulhas. Ela jamais esteve diante de alguém tão grande.

   Após se deter em amenidades relativas à viagem e ao clima, número dois informa que, detrás das paredes a oeste de onde se encontram, existem quinhentas cabeças de gado confinadas e prontas para o abate, enquanto Lucy aponta o caminho ao adido para assuntos militares. Ambos enveredam pelo corredor. Os saltos dela ecoam nas paredes das divisórias, e o homem a segue dois metros atrás. Quando chegam à outra extremidade que leva ao setor de abate, Lucy abre a porta e, ao fazer isso, sente-se aliviada por encontrar o lugar vazio. Do umbral, o adido militar examina o ambiente ao redor e faz sinal de positivo para ela, que o convida a voltar por onde vieram. Por um instante, após fechar a porta, seus pensamentos a traem e deseja que Ahmed e seus camaradas estejam agora embarcando sonolentamente no ônibus que os levará até suas casas, e que tudo não tenha passado de um sonho turvo do Cão, do qual acaba de escapar.

Mas não. Ela continua presa.

Vindo da plataforma, um surdo arrastar de luta. Com a pistola em punho, o adido militar empurra Lucy para o lado, quase a derrubando. Sua fisionomia endurece e ele volta pelo corredor atrás do retinir de metal contra metal e dos estampidos que passam a vir da plataforma de carga e descarga. Ao ver o homem sacar a pistola, ela sente algo no peito, uma dor se fundindo ao vazio que a leva a segurar a própria garganta com ambas as mãos, é a forma de conter o grito a se formar nos seus pulmões. O Cão entra pelo corredor, surgido do setor de abate, passa por Lucy e agarra o adido para assuntos militares por trás com um mata-leão. Bufos, chutes no ar, o esperneio termina por derrubar a parede divisória com violência, escancarando a visão da plataforma.

Esparramado pelo piso, ainda gemendo em espasmos, o adido da embaixada está abraçado aos cadáveres de dois companheiros de Ahmed. O sangue de israelenses e palestinos se mistura sem repulsa numa poça que se expande em círculos como a superfície de um lago no qual foi arremessada uma pedra, em contínua expansão, uma pedra que agora afunda no concreto e não pode mais retornar. Os seguranças mortos jazem a alguns passos e a fumaça sobe em anéis dos canos dos fuzis caídos ao lado dos corpos. Não tem diferença entre o sangue bovino que todos os dias cobre o lugar e o sangue de agora. O fedor, no entanto, é outro: humano demais, cheira a crueldade. Na penumbra de um canto, o representante comercial e o supervisor muçulmano estrangulam um ao outro. Morrer numa terra estrangeira uma morte doméstica. Uma mancha de urina escorre das calças do israelense e se junta ao lago de sangue.

O adido para assuntos militares rodopia com o Cão agarrado ao pescoço e o amassa contra a parede do setor de abate para onde, com a refrega, ambos retornam aos rodopios. Enquanto o Cão é moído no concreto, o grito que cresce no peito de Lucy sobe até a traqueia, e ali fica entalado. O adido para assuntos militares se liberta do carrapato que o prendia e dá dois disparos a esmo, enquanto o Cão corre na direção do abatedouro, agachando-se. Nenhum deles o acerta, pois some num salto para dentro da caixa de atordoamento. O adido para assuntos militares atira mais uma vez, e a bala retine no aço da caixa, encravando numa viga do alto. Ele avança em direção à caixa, a pistola 9 milímetros Jericho 941 PL Desert estendida com firmeza para a frente, as duas mãos no cabo, mas é surpreendido pelo surgimento do Cão acima da caixa, dependurado na grade que a envolve. Ele empunha a pistola de dardo cativo e a comprime na parte superior da cabeça do adido, sem nenhuma certeza de que, da última vez que a usou, o Crente a tenha preparado para o disparo seguinte. Ouve-se o estampido da pressão do ar comprimido sendo descarregada e o adido para assuntos militares desaba, o dardo fincado bem fundo no seu crânio.

O urro de Lucy enfim escapa. Não reconhece a própria voz. Recompondo-se, estirando a coluna e massageando suas costelas, com a certeza de que algo se quebrou dentro dele, o Cão acena para ela sair já dali e ir ao encontro do Crente como combinado. Eu já vou, ele murmura, e Lucy começa a atravessar a plataforma em direção às escadas que levam ao primeiro andar, transpondo cadáveres dos seguranças e abatedores, com uma expressão de horror e os olhos postos no animal dela, e na sua confusão fala com ele, pergunta se está bem, mesmo à distância, se tudo vai acabar bem. Ao pé da escada ela reconhece os olhos saltados dos abatedores caídos, a ilusão fixada no envidraçamento do seu último olhar. Ahmed não se encontra ali.

No patamar do primeiro lance da subida, Lucy se agacha para alcançar o pé de cabra escondido previamente detrás do extintor de incêndio. Quando se ergue, olha pela janela basculante e procura enxergar através da vidraça embaçada, no pátio chuvoso, na área iluminada pelo poste, Ahmed e o shochet se encarando com facões em riste, numa dança silenciosa de avaliação do adversário, sob a vigilância da horda de famintos que agora se estende por toda a grade ao redor do matadouro, desde a guarita principal do prédio até os fundos, por onde os israelenses entraram. Homens, mulheres e crianças espicham olhos famintos, encharcados até o pensamento, mascando a chuva à espera do desfecho de uma peleja sem vitoriosos. O braço esquerdo de Ahmed parece pendurado apenas por um tendão, torcido numa posição improvável, o sangue escorre em profusão da ferida na altura do seu cotovelo, juntando-se à charneca do piso. É um homem baixo e tem os joelhos dobrados, movendo-se com lentidão em círculos, a posição quase agachada deixa o oponente ainda maior. O açougueiro ritualístico continua ereto, na iminência do ataque de Ahmed. Uma reedição do combate entre Golias e David, com proporções invertidas.

Ahmed salta com o braço direito estendido em leque e de sua boca também salta o sagrado nome de Alá e o abatedor movimenta seu longo facão com um golpe brusco que atinge em cheio o pescoço do shochet. Por sua vez, este apenas empunha a chalaf com a lâmina apontada para cima e ao cair sobre ela, Ahmed é atravessado. Os dois desabam, reduzidos a um corpo único desprovido de diferenças de altura ou volume, de credo ou de cor, e não se nota mais sobre eles a presença de espírito algum. A multidão emite um murmúrio grave e abafado e a chuva aumenta, lavando os dois corpos caídos no piso do pátio.

No patamar de luzes apagadas, Lucy corre ao encontro do Crente e do Cão, perguntando-se por que ele não a acompanhou, corre com olhos fechados pela escada que leva ao piso superior. Quando abrir os olhos, mesmo que seja improvável, ela espera ver apenas a cara do seu animal.

A cara do seu animal.

[...]

Cinco e vinte e oito da tarde

O Crente localiza a gaveta cuja fechadura está marcada com um xis amarelo na escrivaninha de Lucy e a abre com a chave que o Cão lhe passou. Depois retira da gaveta o saco plástico preto e do seu interior uma banana de dinamite. Observa a porta do escritório da administração por onde acaba de entrar e se pergunta sobre o paradeiro do amigo. Devia estar aqui agora, segundo o plano que ele mesmo concebeu. Mas não está. Hesita e procura ouvir algum barulho vindo do piso inferior, qualquer pista que o ajude a decidir se continua ou suspende o plano. A porta segue imóvel, fechada, e pouca coisa se ouve do andar de baixo, apenas o estampido grave da trituradora de ossos marcando a passagem dos segundos, o tique-taque dos ponteiros do relógio na parede, o zumbido de algum inseto aprisionado que tenta desesperadamente escapar se debatendo contra o vidro. Sopesa a banana de dinamite, a aspereza do papelão grosso e marrom que a envolve recorda a das bombinhas de festas juninas, e verifica se o isqueiro prossegue nos bolsos das calças, onde está, só falta ter sumido, mas está ali, no bolso traseiro. Agachado detrás da escrivaninha, com a gaveta ainda aberta para o inesperado de uma aparição — devolveria a dinamite à gaveta e a trancaria e sairia dali o mais rápido que pudesse —, meio escondido, com os joelhos flexionados, ali aguarda o Cão aparecer.

Mas é Lucy quem aparece, com um pé de cabra na mão canhota. A porta se abre e, embora a aguardasse abrir, o Crente se assusta, sacudindo com perigo a dinamite que continua em suas mãos.

Cadê ele, diz Lucy fechando a porta detrás de si. Onde se enfiou.

Não sei.

O Crente segue olhando para a banana de dinamite em sua mão, perguntando-se quem a botou ali sem que ele visse e o que é aquilo, o que aquele explosivo faz nas suas mãos, como chegou até aqui. O que está fazendo neste lugar.

Estão mortos, diz Lucy. Ahmed e os outros. Todos.

Ahmed. Ele morreu.

Todos morreram.

O Crente não deveria, mas pensa na mulher morta e na filha entrevada na cama do hospital. Sabe que não é hora para pensar em outro assunto a não ser na dinamite na sua mão, mesmo assim Ahmed invade seus pensamentos, o que ele fez com Ahmed, convenceu o palestino a se vingar da chacina de sua família, e quem ele é para ter o direito de se envolver. Deixe que se entendam entre eles, disse o Cão, não é problema nosso. Se não é, por que ele se envolveu então, e agora Ahmed e os companheiros dele, a turcada do setor de abate, estão todos mortos. Tudo para atender a um plano, é isso, não é, a um desígnio como disse o Cão, mas de que vai valer isso, é o que se pergunta, a que os desígnios vão nos levar, mesmo sabendo que não deveria se perguntar coisa alguma, apenas obedecer aos tais desígnios e dar prosseguimento ao plano. Sair dali. Faz o que for preciso pra gente ir embora daqui, pai, você não tem culpa de nada. O Crente se lembra.

O que deu em você, diz Lucy. Me dá isso.

Toma a dinamite da mão do Crente e vai até a sala da diretoria. Empurra o banquinho usado por número dois para apoiar os pés enquanto divaga sobre distribuição de ossos aos miseráveis em vésperas de Natal e o põe em frente ao cofre na parede.

Murmura algo, palavras inaudíveis até para si mesma, porém o Crente sabe que ela conversa com o pai, deve estar resolvendo algum negócio mal resolvido entre os dois, ou então dizendo que o perdoa por toda a bebedeira e por ter batido tanto na mãe dela a ponto de a mulher abandonar a ambos, mas principalmente Lucy, que permaneceu durante anos sobrevivendo à presença inerme do velho. Ela o perdoa por toda a desgraça, contanto que aquela dinamite guardada faz tempo funcione agora. Talvez ela apenas reze.

O isqueiro, porra.

Lucy aciona uma, duas, três vezes sem conseguir acender a chama e o Crente pensa que deveria ter comprado um isqueiro novo, ou pelo menos testado antes aquele isqueiro que encontrou esquecido ao lado do fogão na cozinha e que deve ter sido usado pela última vez por sua mulher, quem sabe ao fazer a última refeição que ele, a filha e ela comeram juntos. Então o isqueiro acende e Lucy ateia fogo ao pavio único que dará carga na banana de dinamite e os dois saem às pressas da sala da diretoria, passam pela administração e atravessam o corredor até as escadas, onde aguardam. Do piso térreo vem um ruído que lembra o som de ondas quebrando nos rochedos, um atropelo de patas em movimento contido pelo espaço exíguo, o barulho feito pelo gado desembestado. Com as mãos nos ouvidos, o Crente e Lucy se entreolham e enfim descobrem onde o Cão está. Ouvem disparos.

A porta do escritório da administração se espatifa contra a parede oposta e o corredor é preenchido por uma densa fumaça branca. Apesar de os tímpanos zunirem com a explosão, Lucy sabe que algo deu errado, aquela banana de dinamite falhou, ao menos em parte. Talvez nem toda a nitroglicerina tenha explodido. Nem pensar, pai, o perdão está revogado. Com o apoio das paredes, os dois atravessam o corredor sem enxergar e tropeçam nas mesas e cadeiras reviradas pela sala da administração em direção ao cofre, cuja porta lembra uma lata de sardinha aberta em menos da metade, quando o anel de abertura da tampa da lata se rompe antes da hora. A lâmina de aço retorcida deixa entrever apenas um pedaço do interior do cofre afogado em fumaça. Lucy passa o pé de cabra para o Crente. Com esforço, a porta cede até a metade e Lucy enfia seu antebraço magro através da brecha, apalpando o vazio. Percebe que o primeiro malote com o pagamento das dívidas de jogo de número um foi danificado pela explosão. Migalhas de notas escorrem entre seus dedos. Papel picado, que só tem valor no Carnaval. Ela joga o malote sobre as chamas do arquivo incendiado pela dinamite. As chamas sobem mais. Ela retira o segundo malote. Intacto. O conteúdo não paga sua liberdade ao lado do seu animal nem a morte de Ahmed, mas agora precisam sair dali.

Na escada, enquanto ela e o Crente descem até o piso térreo, abraçada ao corrimão e mal tateando os degraus com os pés já descalços, Lucy tem os olhos fechados e o Cão aparece detrás de suas pálpebras no meio da tempestade, caído no meio do esterco.

Está em êxtase e lágrimas abrem sulcos na sua cara coberta de barro.

[...]

Cinco e trinta e um da tarde

O gotejamento que escorre do foco da lâmpada do poste borra as vistas do Cão lhe causando vertigem. Segue parado na tormenta e observa o céu à procura do que não está lá. À procura de pistas. A seus pés os corpos do shochet e de Ahmed ainda tépidos liberam vapor ao serem atingidos pela chuva ou talvez sejam os olhos do Cão que o enganam. Ele sente frio e treme, sabe que a febre voltou, a febre de sua infância. O vapor que envolve os corpos lhes fornece uma aura de irrealidade. Escuta vozes baixas que chamam seu nome, Cão, nós viemos como pediu, Cão, abra para nós. Queremos entrar. O controle remoto que afanou do cinturão do chefe dos seguranças morto sob uma lona no abatedouro pende de sua mão direita e o recorda do propósito de estar ali e não ao lado do Crente e de Lucy. Os propósitos são sempre outros, nem tudo se pode dividir entre amigos. O semblante de Ahmed não exibe sinal de realização nem de contrariedade. Seu corpo parece limpo, apesar da lama. As vozes são insistentes. Queremos sair.

Com a cabeça erguida, percebe de onde o chamam. De longe, as pessoas junto à grade têm uma aparência derretida na escuridão. Ele enfim se move e dá vinte passos no atoleiro no sentido delas e a gentalha começa a ganhar contornos e as caras de fome assomam do breu amorfo repetindo o nome dele, Cão, nós só viemos porque você chamou, Cão, abra o portão pra nós. Nas últimas semanas ele circulou pelas taperas e descampados e ferros-velhos e quebradas da região e convocou quem encontrou, meninos, mulheres e homens, moços e caquéticos, para a regalia da última segunda-feira útil do ano, a distribuição da carne. Patrões sem juízo, ele lhes dizia, nesse ano de penúria vão dar carne em vez de osso, tamanha sua generosidade, pensam em nós. Dizia isso nos balcões dos pés-sujos de prateleiras empoeiradas, aos boias-frias de olhar fosco que vagavam nos acostamentos após serem expulsos das plantações e às mães nos terreiros cozinhando sopa de pedra em latões caliginosos para os filhos, e também aos remelentos de barriga dura de tanto verme que se agachavam nos barrancos das estradas, a todos convocou para o milagre da multiplicação dos bifes daquela segunda-feira. Agora estão ali e o chamam, e exigem que abra o portão. Queremos entrar.

    Quando o Cão vai clicar o controle da fechadura digital, sente o hálito da queimação no estômago deles, a bile lhes corroendo as entranhas ocas. Não abre o portão de imediato, antes que entrem os orienta a seguirem até o frigorífico e lá esvaziarem os refrigeradores. Não demorem, ele diz fitando os olhos da magarefe dos dois bifes. Depois zarpem daqui. Só então clica o controle remoto. De onde estava, com a luz do poste distante e obscurecida pelo aguaceiro, não se notava tanta gente. Agora a multidão se debate nos arames farpados que retinem alto, dezenas de pés tropeçam uns nos outros e avançam para a plataforma de carga e descarga, onde se esparramam os cadáveres dos abatedores palestinos e seguranças, do adido da embaixada e do representante comercial israelenses. Uma criança cai de cara no atoleiro do pátio. *Pode ser pisoteada, eles são assim, não veem nada adiante quando se trata de forrar o próprio bucho.* Mas não, a multidão se desvia da criança caída, alguns estacam, e a magarefe dos dois bifes a ergue da lama. Depois retomam a direção da plataforma. No fundo dos tímpanos, entretanto, das profundezas do seu labirinto, no lobo temporal, o Cão continua a ouvir que o chamam: *abra para nós, Cão, você é igual a nós. Não igual a eles.* As vozes são insistentes. *Queremos sair.*

Um estampido se ouve. Outro. Eles ainda estão atravessando o portão para entrar, a multidão não parece ter fim. Mais um estampido. Ao ouvirem os disparos, sua docilidade desaparece. A magarefe larga a criança, que é engolida pelas pernas enlameadas dos invasores. O Cão se afasta do portão a fim de localizar de onde vêm os disparos. Recua alguns passos antes de atingir uma área desobstruída da grade. Então pode ver do lado de fora, vindo da guarita, o filho idiota do velho vigia, ele caminha para a multidão ao tempo que arma seu fuzil e aponta para as costas daqueles que se espremem contra os ferros do portão, e aciona o gatilho novamente, uma, duas vezes. No piso do estacionamento, um velho e uma criança se afogam no próprio sangue. *Lobos de si mesmos, é o que são. Quando sentem fome, Cão, eles ficam tristes e se tornam cruéis. Não se esqueça de nós, Cão*, dizem as vozes que o chamam. *Abra o curral. Queremos sair.*

Na retaguarda dos invasores, dois homens se jogam contra o atirador, impedindo um quarto disparo. Um deles agarra seu pescoço, enquanto o segundo arranca o fuzil de suas mãos. Quando o Cão se afasta no sentido oeste do pavilhão, na direção do curral de confinamento, um último tiro ecoa. Depois ouve a explosão da dinamite no escritório da administração. Nem olha para trás, apenas admira o incêndio que toma conta do piso superior do matadouro, as chamas alimentadas pela ventania se aproximando com perigo do setor onde se encontram os geradores a diesel. Os estalidos das vigas desabando. *Baleias e golfinhos salvam marinheiros*, dizem as vozes, *uma foca já foi vista salvando um cão do afogamento. Só eles não salvam nem a si mesmos, Cão, do pau torto deles nada de reto pode vingar. Abra o portão, nos deixe sair.* Ladeia as centenas de metros de parede, de tão alta a parede lembra a da penitenciária onde esteve preso. A diferença é que as janelas daqui ficam no teto, para a chuva e o sol entrarem. Esses prisioneiros não saem nunca para que sua carne permaneça macia, macia. O único momento em que retomam seu movimento natural e voltam a andar em círculos é no brete da entrada do abatedouro. *É o manejador que nos conduz*, dizem as vozes. *É você que nos encaminha para a morte, Cão. Abra o portão, não nos deixe aqui. Queremos sair.* Ele arranca sua máscara e a joga no atoleiro. Como quinhentas cabeças de gado podem caber num espaço tão pequeno, nunca pôde entender. Alcança o portão duplo do curral de confinamento e pressiona o controle de abertura da fechadura digital. As duas portas se abrem de par em par e ele sente o cheiro de estrume e medo na escuridão onde brilham os olhos escancarados dos bois, brancos como fantasmas. Enfim tragam do mesmo ar.

Uma explosão mais potente faz o chão tremer. As chamas atingiram os geradores a diesel. Outro estampido é escutado, menor e mais próximo. O Cão não sente dor nenhuma, apenas segura a barriga e suas mãos se revestem de sangue. Ao se virar, depara com o velho vigia em pé, as pernas arqueadas e bambas, sua arma apontada com mãos trêmulas para ele, o buraco do cano aumentando e o engolindo. Do cano do revólver mina uma fumaça branca e leitosa em nós e volutas em círculos e espirais sob a chuva. Pela sua cara, o velho vigia preferia estar com os netinhos, ou assistindo a alguma partida de futebol no celular, ou até a algum filme de putaria. Logo atrás dele estão os irmãos patrões, número um apoia a mão direita no ombro do velho vigia, como que o parabenizando pelo disparo ou por não estar adormecido como de costume, enquanto número dois, mais afastado, bota as mãos sobre a cabeça e grita algo, sua cara é de horror, porém o Cão não ouve o que ele está gritando, pois desaba no terreno à frente dos portões, abraçado à própria barriga, a dor agora percorre o seu corpo em espasmos, em ondas cálidas que pulsam. Com o ouvido direito colado ao barro, ouve o bramido de um tropel crescente e então vê ao rés do chão as primeiras patas que se atropelam ao saírem do curral, escoiceando blocos de terra para o alto, arrancando tufos de capim, enquanto o estouro se bifurca pelo portão e ele continua caído entre os dois corredores da boiada a desembestar, sem ser atingido, centenas de cascos pisoteiam o velho vigia e os irmãos patrões, que são submersos no mesmo instante por uma torrente de carne, ossos, chifres e lama.

Nos ouvidos do Cão, o tropel diminui, quase sumindo, até sumir.

Ele se ergue com esforço. Precisa estar em pé. Então o cercado que o protege é estraçalhado pelo grosso da manada remanescente. Centenas de pedaços do corpo do Cão são esparramados pela terra do curral e seus olhos se estilhaçam em mil olhos e piscam uma, duas vezes e veem, agarrados aos touros que escapam, meninos iguais a ele, um menino para cada touro, um touro para cada menino, e Lucy, é Lucy Fuerza ali, ajoelhada em cima dessa mesma terra, juntando os cabelos, ossos e membros espalhados dele e ela chora, como se as lágrimas regadas sobre aquele solo tivessem o poder de fazê-lo nascer de novo, de juntar outra vez as suas partes. Ele pisca uma, duas vezes e seus olhos não abrem mais.

O Cão ouve um estrondo forte. Está caído diante do curral de contenção. O sangue jorra do buraco de bala na sua barriga. A boiada rompe o cercado do curral, arrancando os portões e o trecho do mourão que o protege vem abaixo. Agora vão para o pasto circular. Para a paisagem redonda. O Cão desaparece na terra, pisoteado pelos cascos. Não é mais um manejador. Não conduz mais ninguém à morte.

Todos estão livres.

[...]

Meia-noite

Quando Lucy encontra o Cão, ele já não pode ser separado de Curva de Rio Sujo. Sua carne, seu sangue e seus ossos esfacelados se misturaram à terra. Ao redor, seu cabelo preto foi espalhado. No pó toda a sua cabeça jaz, aquela cabeça antes encantadora.

Retido pelo pesado malote nas costas, o Crente a alcança na saída do curral, ajoelhada sobre o rastro de destruição, o rosto coberto com as mãos. Ele a ergue e ambos observam a manada, à distância uma mancha branca que se funde à nuvem de poeira no horizonte vermelho. O gado atravessa a cicatriz no leito seco do São Lourenço e invade a plantação de soja que monopoliza a paisagem. O calor das chamas chega até onde os dois estão e suas faces ardem, abrasadas e pretas de fuligem. Nuvens pesadas de óleo encobrem o matadouro. Em pouco tempo o incêndio atinge o curral e se alastra pela matéria orgânica misturada ao chão até não restar carne, sangue, ossos e cabelos. Até não restar mais nada. Lucy estende a chave da Ford Pampa ao Crente.

Me deixa no aeroporto.

No carro, separam o conteúdo do malote em dois maços iguais que guardam nas mochilas. Cruzam no caminho com dezenas de miseráveis e seus embrulhos de carne respingando sangue pelo acostamento, dirigindo-se apressados às taperas espalhadas pelo distrito. Nenhum carro de bombeiros ou patrulha da polícia atravessa o caminho deles no sentido do matadouro. Não existe delegacia num raio de duzentos e quarenta quilômetros, e levará algum tempo até o socorro chegar. Mesmo assim, quando chegar, será inútil.

Desabou um pedaço do teto do frigorífico antes da explosão dos geradores, diz o Crente. Matou gente. Um cara todo queimado tinha um dardo cravado na cabeça.

O Cão. Foi ele.

O morto, quem era.

Do comitê. Da segurança deles.

E agora, o que vai fazer.

Vou de carona. O piloto deve favor pra minha colega.

Pra onde.

Não sei. Pra onde for o avião. De lá vou pra outro lugar. Eu aviso. Fica com a Pampa e pega a menina. Faz o combinado.

Eu sei.

No aeroporto a despedida é breve. Abraçam-se, sentindo que não se verão mais, ou quando se virem, caso aconteça, talvez já não sejam os mesmos de agora. A única regra de partir é que ao voltar não se é mais o mesmo. Talvez não sejam mais aquelas pessoas, talvez ao perderem uma parte essencial de si, como o Cão era uma parte essencial delas, o vértice do vê, as pontas que restam se soltem para sempre no ar, num laço desfeito. E talvez não voltem a se unir. Mas é impossível saber disso agora.

A colega esconde Lucy pelo tempo necessário no galpão de cargas e depois se despede na pista de decolagem, debaixo do vento oeste que zune no descampado. Antes que embarque, entrega para ela a bolsa de lona, dizendo que atendia a um pedido do Cão.

Quando foi isso, diz Lucy.

Semana passada. Eu tentei limpar, diz a colega. Estava muito suja de terra, e ainda está um pouco. Desculpa.

Quando Lucy se acomoda no assento da janela, a chuva cessa por completo e o céu se abre. Não tem nenhum outro passageiro no bimotor, a não ser ela e os dois pilotos. Do alto, vê a imensa língua de fogo se destacar dos geradores a diesel contra a terra enegrecida pela noite, graças à ausência de luzes na região do matadouro. A manada é uma mancha fantasmagórica se movendo em círculo, um motor que põe a terra novamente nos eixos e o mundo em marcha.

Ela abre a bolsa de lona e encontra no interior vários maços de notas embalados em plástico-filme. Não se trata de uma fortuna, mesmo assim jamais viu tanto dinheiro junto, nem em dia de pagamento. Lembra-se de o Cão mencionar ter escondido o lucro que obteve com o tráfico. Não tocou mais no assunto, ela também o esqueceu. Receou, caso perguntasse, ser mal interpretada. Não gostaria de passar por interesseira. Revirando os maços, ela custa a acreditar. É difícil reconhecer que o Cão nunca pretendeu estar ao seu lado, dentro daquele avião. Não sabe se o perdoará por isso.

Agora Lucy está a caminho de um lugar distinto do açougue geral onde nasceu, com dinheiro suficiente ao menos para inventar outra vida, só que uma vida que nunca desejou, pois seu animal não estará nela. Para onde o movimento da terra reajustada nos eixos a levará, não sabe. Esse é o problema dos planos, nunca levam o imprevisto em conta. Agora só lhe resta morrer um pouco a cada dia. E cortar as unhas, o cabelo e o desejo.

As coisas acabam de um minuto para outro. Isso não muda.

O Cão acabou, mas não seu amor por ele.

Por seu animal.

No trajeto até a filha o Crente procura não pensar em Ahmed, sem consegui-lo de todo. Ele estaria agora em algum paraíso ao lado da família ou numa espécie de limbo, sozinho, dirigindo um carro velho que tosse e expele catarro gasoso, como ele próprio, como o Crente, cercado pela noite lá fora, uma noite tão densa quanto o sangue dos antepassados de Ahmed, cheirando a diesel queimado, sem ver nenhum sinal ou farol que lhe indique o caminho ou o destino para onde seguir.

Mas como saber, o Crente não sabe de nada.

Seus pensamentos se voltam para o Cão: foi seu amigo convicto, o irmão que a estrebaria lhe deu. Estavam juntos desde o berço que dividiram, quando o tio o encontrou no cocho. Podia ter sido comido por um porco à solta por ali, ou por uma ninhada de ratos. Nunca souberam quem era a mãe, não devia ser da vizinhança. Saiu do curral apenas para ir à cadeia. Nasceu e morreu na estrebaria.

Ao entrar no estacionamento do hospital, o enfermeiro o aguarda com sua filha sentada numa cadeira de rodas. Estão perto da saída da recepção, e sorriem para ele. O Crente não vê sua filha sorrir faz quanto tempo, desde que as caras — como a dele agora no retrovisor — foram tapadas por máscaras. Muito tempo.

Depois de respirar fundo, como se preparando para dar um longo mergulho, ela prende de novo sua máscara nas orelhas e fica em pé. Ele a abraça, despede-se do enfermeiro, e pai e filha partem na velha Ford Pampa de Lucy. Em alguns minutos, assim que vencem as últimas luzes da periferia da cidade, são envolvidos pela noite. São Ahmed no limbo, Ahmed na escuridão de uma estrada sem acostamentos, Ahmed à procura da luz mas com um destino concreto, a fronteira. A filha adormece placidamente com a cabeça apoiada no ombro do Crente, a respiração pesada sob a máscara. Depois e apesar de tudo, ainda respira, Senhor. Pela manhã estarão em Bella Vista Norte, no Paraguai.

Era esse, afinal, o propósito do plano do Cão: cair fora dali, um plano de fuga. Mas o plano tinha um furo como um balde usado para guardar a última porção de água no deserto pode ter um furo e, pela manhã, ao se procurar a água, quando a sede atinge seu ponto mais letal, descobrir-se o furo da pior maneira, ao se deparar com o balde vazio. O Cão queria libertar a todos e a si mesmo, mas a única liberdade definitiva era a dele próprio.

Afinal, o Crente percebe que talvez não exista uma saída, a não ser continuar dando voltas. Cortar as unhas, o cabelo e

o desejo, como diz Lucy, aprender a pensar no pequeno e no imenso, nas estrelas mais distantes e imóveis no céu, no planeta Marte e no miojo, no céu nublado como um minotauro que foge do labirinto, e
        continuar a viver,
       e que o
        mundo é
          um lugar imperfeito,
              um lugar que ainda
            está sendo lentamente
      construído e que,
        talvez,
              quando ficar pronto,
    se algum dia ficar pronto,
            se torne um
                  pouco mais

                    [...]

                [...]

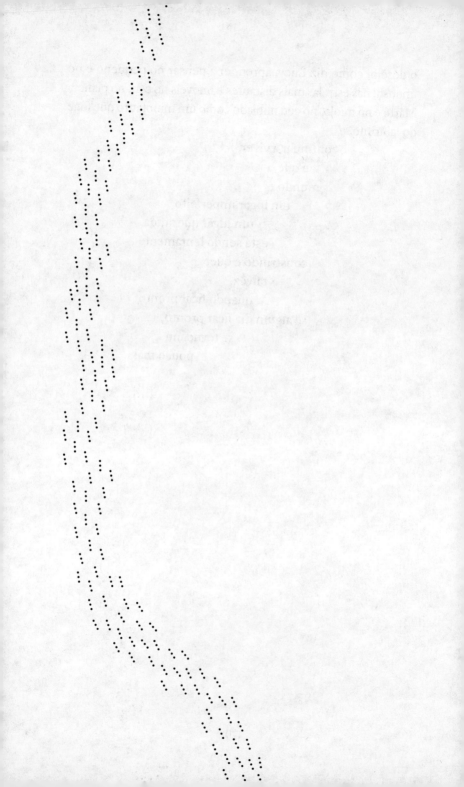

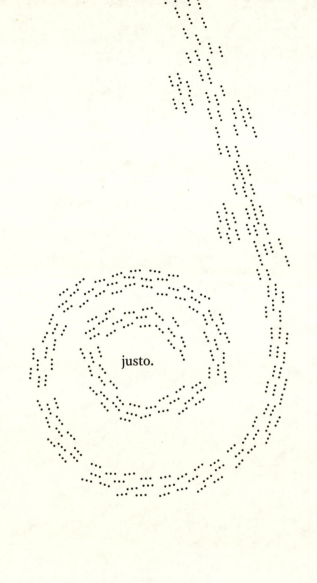

© Joca Reiners Terron, 2023

Todos os direitos desta edição reservados à Todavia.

Grafia atualizada segundo o Acordo Ortográfico da Língua Portuguesa de 1990, que entrou em vigor no Brasil em 2009.

capa
Filipa Damião Pinto | Foresti Design
preparação
Márcia Copola
revisão
Huendel Viana
Tomoe Moroizumi

Dados Internacionais de Catalogação na Publicação (CIP)

Terron, Joca Reiners (1968-)
Onde pastam os minotauros / Joca Reiners Terron.
— 1. ed. — São Paulo : Todavia, 2023.

ISBN 978-65-5692-454-0

1. Literatura brasileira. 2. Romance. I. Título.

CDD B869.93

Índice para catálogo sistemático:
1. Literatura brasileira : Romance B869.93

Bruna Heller — Bibliotecária — CRB 10/2348

todavia
Rua Luís Anhaia, 44
05433.020 São Paulo SP
T. 55 11 3094 0500
www.todavialivros.com.br

fonte
Register*
papel
Pólen soft 80 g/m²
impressão
Geográfica